정지돈 　소설가. 『내가 싸우듯이』『작은 겁쟁이 겁쟁이
새로운 파티』『우리는 다른 사람들의 기억에서 살 것이다』
『야간 경비원의 일기』등을 쓰고 『문학의 기쁨』을
함께 썼다.

KB041019

영화와 시

Film and Poetry

—

정지돈

시간의흐름。

지금이 아니면 언제?

우리는 기성 체제의 일부가 되기 싫다.
우리는 그들이 선호하는 종류의 영화를 만들기 싫다.
우리는 완전히 다른 종류의 영화를 만들겠다.
— 알레한드로 조도로프스키

당신도 알다시피 나는 변화의 적이다.
내가 받아들이는 새로운 것은 옛날 것이었다는
사실을 다시 깨닫는다.
: 수영, 몸과 마음이 뒤섞이는 감각
여름처럼 아무것도 하지 않고 돈 한 푼 벌지 않으며
— 아일린 마일스

난 늘 이름을 바꾸고 싶었다.
어릴 적엔 '모닝스타'라고 불렸으면 했다.
앤디 모닝스타.
그게 아름답다고 생각했다.
— 앤디 워홀

냇물이 되는 법
빛이 없는 밤 냇가에서 물이 흐르는 방향으로 비스듬히,
신체가 반쯤 잠길 만큼 땅을 파고 그 안에 눕되,
반드시 지형이 높은 냇가 반대편에 머리를 두고
두 발은 냇물에 닿게 한다.
— 김범

일러두기

- 단행본은 『   』, 잡지는 《   》, 신문과 시, 논문은 「   」로, 영화와 곡명,
  작품명은 〈   〉로 표시했다.
- 외래어 표기는 국립국어원 외래어표기법에 따랐으며
  관례로 굳어진 것과 입말이 더 많이 쓰이는 경우는 예외로 두었다.

차례

좋아하지 않는 것

좋아하는 것 또는

아무래도 영화를 더 이상 좋아하지 않는 것 같다. 되짚어보면 영화를 정말 좋아한 적이 있나 싶다. 내가 좋아했던 건 영화의 이미지에 가깝다. 영화의 작가들과 비평가, 매체가 만들고 보급한 어떤 이미지와 그 이미지를 따라 움직이는 이미지들이 영화를 보지 않고 생각하는 것만으로 영화를 좋아하게 만든 건 아닐까.

그렇다고 하기엔 너무 많은 영화를 보는 거 아니야?

친구의 말이다. 그렇다. 나는 평균 하루 한 편의 영화를 본다. 그러나 내가 영화를 본다고 할 수 있을까. 내가 하는 행위는 영화를 소비하는 것이다. 나는 영화를 보지만 영화를 보지 않는다. 어쩌면 영화를 보는 게 아니라 콜라를 보는 걸지도 모른다. 극장에서 얼음을 채워 건네주는 콜라. 극장 매점에 영수증을 가지고 가면 콜라를 리필해준다. 영화 상영 도중 나가서 콜라를 리필해 오는 건 감독에 대한 소소한 복수다. 당신의 영화를 처음부터 끝까지 놓치지 않고 보지 않겠다. 그러니까 나는 영화를 보는 게 아니라 콜라를 보는 거지. 물론 콜라를 마시긴 하지만.

집에서 영화를 소비할 땐 배스킨라빈스나 벤앤제리를 본다. 다시 말하지만 내게 영화는 소비재다. 하지만 그렇다고만 하기엔 어폐가 있다. 영화를 진지하게 보고 생각한 기간이 너무 길기 때문이다. 멀티플렉스에서 콜라를 마시며 심야 영화를 보는 것은 영화가

'끝난 뒤'에 일어난 일이다. 어느 나라, 어느 도시, 어느 그룹에서는 그게 영화를 가장 영화적으로 즐기는 일일지 모르지만 내게는 금기시되는 일이었다. 나는 중학교 때 영화 잡지를 정기구독하기 시작했고(《스크린》이었다) 고등학교 때 《키노》를 봤다. 연극영화학과에 입학했고 과 사람들에게 〈이지 라이더〉가 인생 영화라고 했다. 거짓말이었다. 인생 영화는커녕 한 번도 제대로 보지 않았다. 그 시절의 나는 초등학교 6학년 때 대구의 한일극장에서 보고 충격을 받은 〈스피드〉(키아누 리브스와 산드라 블록이 나오는 바로 그 영화)의 야비한 악당이 아메리칸 뉴시네마의 전설이자 히피인 데니스 호퍼라는 사실에 충격을 받았고, 〈이지 라이더〉가 그의 영화라는 사실에 운명적인 감응을 느꼈다. 지금 생각해보면 흔하고 당연한 일이며 영화라는 매체의 전형적인 속성에 불과한 일이지만 당시에는 놀라웠다. 배우라는 인간의 동일성이 시간의 흐름(문화적이고 사회적인 맥락의 변천과 연결된 의미에서)과 배역에 따라 현재에 재편성되어 도래한다는 사실이 특별하게 느껴졌다(이런 즐거움은 지금도 여전하다, 그 배우가 그 배우야, 그 배우가 그 배우였어, 라는 식의 대화를 멈출 수 없고 그것이 영화의 의미를 분석하는 것보다 훨씬 의미 있게 느껴지는 경우가 많다).

〈이지 라이더〉에는 잭 니콜슨과 피터 폰다도 나온다. 잭 니콜슨은 〈이보다 더 좋을 순 없다〉의 살찐

노인에서 〈이지 라이더〉와 〈차이나타운〉의 냉소적인 미남으로 리와인드되었다. 피터 폰다는 이름이 걸작이었다. 오마 샤리프, 로런스 올리비에, 리처드 위드마크, 리노 벤투라, 클래런스 리로이 밴 클리프 주니어처럼 남한의 십대 소년이 듣기에 그의 이름은 고풍스럽고 이국적인 느낌이었다. 그래서 좋아했다. 그때나 지금이나 기억에 남아 있는 피터 폰다의 연기는 없다. 본 영화도 없는 것 같다. 그러나 나는 그를 좋아한다. 연기를 보지 않고 배우를 좋아하기. 오직 이름만으로 사랑에 빠지기. 이것이야말로 궁극의 애정이자 무언가를 진정으로 사랑하는 방법이다(효율적이기도 하다, 영화를 여러 번 보고 글을 쓰고 직접 만들기까지 할 필요가 없으니까).

얘기하고 나니 처음부터 영화를 오직 소비하기만 했던 것 같고 매체에 비친 이미지만을 좇고 탐닉하는 사이비, 페티시스트 같지만 여하간 영화에 대한 진심(……) 같은 건 있었다(고 믿었다).

영화는 시네마테크나 한국영상자료원에서 고요와 집중을 동반해 보는 경이로운 행위다. 1893년 파리의 천막 안에서 기차가 떠나는 동영상을 보고 비명을 지른 관객들처럼, 단 한 번 상영하는 영화를 보기 위해 나치 치하의 파리 시내를 가로질러 샤요궁에 도착해 줄을 서서 기다리는 관객들처럼 미지의 현실과 마주하는 행위다. 미지의 현실을 발견하기 위해선 몸과 마음을 깨끗하게 해야 한다. 특히 지금같이 수많은 이미지로 어지러워진 세상에서는 더욱 그렇다. 우리는 경이에 대한 감각을 상실했다. 영화는 이미지의 경이로움을 회복시킨다. 그것은 환상적이고 아름다운 영상이나 효과 따위가 아니라, 그들(그곳)이 카메라 앞에 있었다는 사실 그 자체며 그를 두고 일어난 사건들의 흔적이다. 나는 그것을 시간이라고 부른다.

이십대의 나는 아메리칸 뉴시네마와 누벨바그를 거쳐 유럽의 거장들과 21세기 제3세계 영화와 만났고 학과 안에서도 어려운 영화를 좋아하는 별종으로 취급받았다. 시간이 흐르고 웹서핑을 해보니 나보다 더 이상한 사람들이 수두룩했지만 말이다.

중요한 건 그랬던 사람이 지금은 극장에 앉아서 영화가 아닌 콜라를 보고 있다는 사실이다. 페드로 코스타를 보면서 일회용 플라스틱 빨대로 콜라를 쭉쭉 빠는 게 있을 수 있는 일인가. 그들이 그곳에 있었다는 사실도 의문이다. 카메라 앞에는 아무것도 없다. 카메라 앞에는 카메라만 존재하며 카메라와 카메라는 거울과 거울처럼 서로를 반사한다. 그러므로 이 글의 장르를 분류하면 포스트 아포칼립스 시네마다. 아포칼립스 이후가 폐허가 아니라는 사실이 다를 뿐. 지금의 멸망-이후는 타노스가 계획한 세상의 성공 버전이다. 절멸 이후 새롭게 창조된 인류는 삶을 소중하게 여기고 즐길 줄 알게 됐다. 영화를 놓고 논쟁하거나 심각해지지 않고 사유하거나 꿈을 꾸지 않는다. 끊임없이 자기 자신을 반사해 스스로를 없앤 뒤에도 존재할 수 있는 상태를 향해 나아가고 있는 것이다.

또는 이렇게 접근할 수도 있다. 극장에서 본 영화는 내가 본 영화의 3분의 1도 되지 않는다. 나는 대부분의 영화를 컴퓨터 모니터로 봤고 요즘은 핸드폰 액정으로 본다. 이건 어떤 면에서 독서와 동일한 개념이며 그래서 많은 경우 내게 영화는 책이기도 했다. 파일화된 영화는 언제나 멈출 수 있고 다시 볼 수 있으므로 그건 나를 자유롭게 했다. 알렉상드르 아스트뤽이 예견한 카메라-만년필의 진정한 도래. 그는 1948년에 쓴 『새로운 아방가르드의 탄생』에서 이렇게 말했다. "지금껏 영화는 볼거리에 불과했다는 것을 깨달아야 한다. 그것은 모든 영화가 극장에서 영사된다는 사실 때문이다. 하지만 16mm 필름과 텔레비전의 발달과 더불어, 모든 사람이 영사기를 소유하게 되고 동네의 서점에 가서 어떠어떠한 주제에 대한—문학비평과 소설에서부터 수학, 역사 및 과학 일반에 이르기까지 어떠한 형식이건—필름을 구하게 될 날도 멀지 않았다. 그러한 날이 오면, 하나의 영화에 대해 말하는 것은 더 이상 가능하지 않으리라. 오늘날 복수의 문학들이 있는 것처럼 복수의 영화들이 존재하게 될 것이다."

하지만 영화를 좋아할수록 자유롭지 않다는 걸 깨달았다. 이상한 일이다. 카메라-만년필이 파일과 웹으로 인해 진정으로 도래한 것처럼 보이고 자유도가 급격히 상승했는데도 자유롭지 않다. 오히려 갈증과 답답함을 느낀다. 그래서 나는 영화를 좋아하지 않게 되었다, 라고도 할 수 있지만 어쩐지 의구심이 남는다. 문제는 내가 자유를 원하지 않는다는 사실에 있다. 개념적으로 자유에 관해 심각하게 파고들 것도 없이 나는 자유가 싫다. 더 싫은 건 자유를 말하는 사람들이다. 자유는 더 이상 중요하지 않다. 이건 중대한 모순이다. 자유로움을 원하지만/자유는 싫다.

　　자유에 대해 말하는 건 이쯤하고(아마 뒤에서 더 말할 기회가 있을 것이다, 없을지도 모르지만), 시에 대해서도 영화에 대한 것과 거의 동일한 말을 할 수 있을지도 모른다. 시를 좋아할수록 나는

　　1. 자유롭지 않으며

　　2. 고통스럽고

　　3. 병약해진다.

　　더 문제는 시의 시대가 아닌 지금 같은 시대에 시를 좋아하게 되면 그때의 고통은 성스러운 것이 된다는 점이다(음악과 영화를 좋아하는 것은 보편성 또는 공동체 안에 들어감을 뜻한다. 시를 좋아하는 것은 별종, 차이를 원하는 사람이라는 신호가 된다. 물론 둘 다 생각대로 이루어지진 않는다). 시를 좋아하는 많은 이들은 SM이 되어 고통을 즐긴다. 어떤 이들은 고통 속의 자신과 현실을 비웃기도 하고 어떤 이들은 시적 사도마조히즘 기술을 극한

으로 가다듬고 발전시키다 못해 현실과 시의 경계를 부수기도 한다(결과는 대부분 범죄적이다). 결국은 이 모든 것을 연민의 눈으로 바라본다는 게 문제지만(시를 건강하게 즐기는 사람들도 있다. 그러나 그들은 '진짜 시'를 모른다, 고 '진짜 시'를 아는 사람들은 말한다. 나는 '진짜 시'는 모르지만 '진짜 시'를 아는 사람들은 아는 사람으로 '진짜 시'는 사람을 병들게 한다는 건 알고 있다. 문학＋병＝병. 물론 그들이 아는 것이 '진짜 시'인지는 모르겠다).

그러므로 이 모든 것에서 벗어나서 영화와 시를 좋아하는 것(또는 좋아하지 않는 것)이 내 과제다. 즐기고 공감하고 감동받는 것으로 끝내기. 〈인디아나 존스〉를 보던 아이의 마음으로 돌아가기(그때가 나의 자아와 세계가 일치한 마지막 시기였다. 최근 〈최후의 성전〉에서 인디를 다시 봤을 땐 아무것도 느껴지지 않았을 뿐 아니라 리버 피닉스도 잘생겨 보이지 않았다!)

그런데 내가 정말 돌아가길 원하는 걸까.

사실 아무 곳에도 가고 싶지 않은 건 아닐까. 움직이지 않기. 이동하지 않는 영화. 가장 영화적이지 않은 것은 서사가 없거나 픽션이 없는 게 아니라 움직이지 않는 것이다. 그런 면에서 앤디 워홀은 사람들이 생각하는 것보다 훨씬 앞서갔다. 훨씬 뒤처졌거나. 앤디 워홀이 1963년에 찍은 영화 〈잠Sleep〉은 시인 존 조르노가 자는 모습을 찍은 5시간 20분짜리 영화다. 영화감독 톰 앤더슨은 1964년 6월 로스앤젤레스 웨스턴 애비뉴에서 이 작품을 봤고 4시간쯤 지났을 때 배를 채우기 위해 커피숍으로 갔다. 극장 로비는 환불을 요구하는 관객들로 시끌벅적했다. 붉은 얼굴의 사내는 영화관 매니저이자 프로그래머인 마이크 게츠에게 이런 개졸작을 상영하다니, 당신을 패버리겠다고 으름장을 놓았다. 마이크 게츠는 요나스 메카스에게 쓴 편지에서 이렇게 말했다. 스크린에는 클로즈업된 남자의 머리가 있었다. 관객 중 하나가 스크린 앞으로 걸어가 WAKE UP! 이라고 소리치고 밖으로 나가버렸다. 우리는 환불은 없다고 말했다.

존 조르노는 벌거벗고 싱크대에서 설거지를 하는 〈존 워싱John washing〉이라는 4분짜리 영화에도 출연했다. 1964년에는 윌리엄 버로스, 브라이언 가이신과 첫 번째 오디오 시를 만들었고 1965년 파리 비엔날레에서 공연했다. 그는 기술과 시를 결합한 실험을 이어

갔고 '조르노 포이트리 시스템'을 설립해 1967년, 전화로 시를 들려주는 다이얼 에이 포엠(Dial-A-Poem) 이벤트를 처음으로 시도했다. 티베트 불교의 법왕 두좀 린포체를 만나 티베트 불교에 빠졌고 서른 살 연하인 우고 론디노네와 사랑에 빠졌으며 2010년 미술관에서 첫 개인전을 열었다. 70세 생일을 맞이해 쓴 시 「땡스 포 낫띵Thanx 4 Nothing」에서 존 조르노는 이렇게 말한다. "수많은 친구가 있었다. 앨런, 브라이언, 리타, 잭. 그들은 모두 죽었다. 나는 그들 중 누구도 그립지 않다. 우리는 서로를 사랑했다. 그러나 나는 그들이 돌아오기를 원치 않는다. 누구도, 돌아오지 않았으면 한다." 존 조르노는 2019년 10월에 죽었다.

시에 대해서는 이렇게 말할 수 있다. 가장 시적이지 않은 것은 감정이나 영원성의 결여가 아니라 수다스러운 것이다. 존 조르노의 다이얼 에이 포엠은 수다스러운 이벤트는 아니었지만, 그는 나이가 들수록 수다스러워졌고 정장을 차려입고 미술관이나 뉴욕의 로어 이스트 사이드를 돌아다니며 즉석에서 떠들곤 했다. 그는 1960년대의 뉴욕을 떠올리며 이렇게 말했다. "모두 다른 작가들에 대해서 가십거리를 이야기했다. 예를 들어 누가 누구와 사귀고 있으며 누가 누구에게 무슨 일을 했고 등등 온갖 이상한 일들에 대해서 말이다." 그에게는 이러한 가십이야말로 진정한 미술사(the hard core of art history)였다.

21

내가 가장 좋아하는 작가 스텐 에길 달은 이렇게
말했다. "시적으로 쓰지 마라."

삶
／
삶

나보코프는 정말로 진지한 소설에서는 진정한 갈등이 여러 인물 사이에서 벌어지는 것이 아니라 독자와 작가 사이에서 벌어진다고 말했다. 내 소설이 정말로 진지한 소설인지는 모르겠지만, 나에게 딱 맞는 말이다. 내 첫 책에는 "기성세대 대신 독자와 싸우는 신세대의 등장이라니……"라는 100자평이 달렸다(평점은 별 하나). 혀 차는 소리가 음성 지원되는 것 같은 이 100자평은 몇 개 안 되는 평 중 최다 공감을 기록 중이다. 이 100자평에는 두 가지 오류가 있다. (1)독자는 기성세대의 일부이거나 기성세대의 일부는 독자이다. (2)나는 신세대가 아니다.

　앞으로도 위와 같은 일은 피할 수 없을 것 같다. 글을 쓰는 나는 쓰기 싫은 나와 쓰고 싶은 나로 나뉜다. 나는 이러한 분열에 대한 생각을 멈출 수 없고 이게 단지 나의 문제라고 생각하지 않는다. '나'에 관한 거지만 '당신'에 관한 것이기도 하다. 어쩌면 당신에 관한 모든 것이 나에 관한 것이며 나에 관한 모든 것이 당신에 관한 것이다. 그러므로 이것은 메타적인 사고나 포스트모던한 접근이 아니다. 아피찻뽕 위라세타쿤은 타이완 뉴시네마가 자신에게 어떤 영향을 줬는지에 대해 인터뷰하며 이렇게 말했다. "또 다른 영향은 시간에 관한 것입니다. 타이완 뉴시네마를 보는 것은 영화를 보는 게 아니라 나 자신을 관찰하는 듯합니다."

　에세이를 쓰는 일은 분열을 더 극적으로 만든다.

등단하기 전까지만 해도 생각했다. 에세이 따위는 쓰지 않을 것이다. 작품 이외에는 어떤 글도 쓰지 않을 것이며 모든 인터뷰와 북토크를 거절할 것이다…….

내 주위에는 지금도 이러한 생각을 유지하는 작가들이 있고 나는 그들을 존경한다. 이건 에세이와 소설의 경계를 흐려야 한다는 따위의 이야기가 아니다. 출판과 독자, 유통을 둘러싼 환경에서 어떠한 선택을 하느냐 하는 이야기이며 장르 내에서 일어나는 형식과 관련된 일들은 그러한 환경과 결부되어 있다는 이야기다. 그러므로 우리는 예술을 생각할 때 전체를 생각해야 한다. 작품은 늘 전체와 함께하며 또한 이것이 단순히 삶의 특정 사건과 작품을 연결시켜 의미를 해석하는 것이 아님을 기억해야 한다. 우리가 작품을 쓸 때 우리는 삶을 쓰는 것이며 그 삶은 다시 작품을 쓰고 작품은 다시 삶을 쓰며 삶은 다시 작품을…….

영화평론가 정성일과 유운성은(이 두 사람을 함께 이야기하는 것을 두 분과 두 분을 사랑하는 사람 모두가 용서해주기를) 여러 매체에 썼던 쪽글을 모아 책을 내는 행위를 좋아하지 않았다. 그래서 책이 나오는 데 오랜 시간이 걸렸고 그 과정에서 여러 번 거절도 있었다고 한다(편집자들과 그들의 영웅적인 노력으로 책이 나오게 된 과정에 대한 전설?도 있다). 결국 책은 나왔고 그들을 따르는 많은 사람들이 그 책을 보며 영화와 비평에 대한 꿈을 키웠다, 고 할 수 있을까. 책이 나오지 않았다고 해서 두 사람의 삶에, 영화계나 출판계에 큰일이 있었을까? 책은 꼭 나와야만 했던 것일까? 나는 두 사람의 글을 이미 다른 매체에서 봤기 때문에 단행본에 큰 관심을 두지 않았다(하지만 샀고 줄 치며 읽었다). 물론 두 사람의 책은 에세이가 아니다. 그러나 모든 영화 평론은 에세이이다. "모든 비평은 일종의 자서전이다." 자서전적 서평의 대가인 한 서평가의 존재는 그런 의미에서 징후적이다. 그는 서평 또는 비평이 제도적으로 작동하기 위해 가지고 있는 경계 사이의 지대로 들어가면서 규범적 글쓰기의 한계이자 잠재력을 드러낸다.

서평가는 유운성의 멘토인 영화평론가 임재철의 강의를 듣기도 했다. 그가 전해준 바에 따르면 임재철의 강의는 굉장했고(인생 강의!) 거의 대부분의 이야기가 프랑스 철학자와 영화감독, 평론가, 작가들에 대한 가십이었다고 한다. 자크 라캉, 자크 데리다, 자크 랑시에르, 자크 오몽, 자크 리베트, 자크 프레베르……. 임재철은 말했다. 자크가 너무 많아…….

그러므로 이 에세이는 가십이자 자서전이 될 것이다. 다시 말해 흐름이나 주제와 상관없는 개인적인 이야기를 늘어놓더라도 어쩔 수 없다.

처음 영화와 시에 대한 글을 쓰기로 했을 때는 영화와 시가 가진 불가분의 관계에 대한 시적이고 이미지로 가득한 에세이를 쓸 생각이었다. 이를테면 러시아의 영화감독 안드레이 타르코프스키와 아버지인 시인 아르세니 타르코프스키의 관계처럼. 아들 타르코프스키에 비해 아버지 타르코프스키는 덜 알려졌지만 그의 시는 아들의 영화에 지대한 영향을 끼쳤다. 아들은 영화 전반에 걸쳐 아버지의 시를 인용했다. 이를테면 다음과 같은 시.

1
나는 예감을 믿지도 않고, 전조를
두려워하지도 않는다. 비방도 원한도
회피하지 않는다. 세상에 죽음이란 없으니까.
아무도 죽지 않는다, 아무것도 죽지 않는다.
열일곱 살에도, 일흔 살에도
죽음을 두려워 할 이유는 없다. 이 세상에는 삶과 빛만이
존재할 뿐, 죽음도 어둠도 없다.
우리 모두는 지금 해변가에 있다.
그리고 불멸이 무리 지어 몰려올 때
나는 그물을 걷는 한 사람.

2
집에서 살면, 집이 무너지지는 않으리.

나는 100년 중 아무 시간이나 불러
거기로 가서 집을 지으리라.
이것이 당신의 아이들이,
당신의 아내들이 나와 함께 한 식탁에 앉아 있는 이유.
이 식탁은 할아버지에게나 손자에게나 같다.
미래는 현재에 이루어지는 법,
만일 내가 손을 들어 올리면
모든 다섯 개의 빛이 당신 곁에 남게 될 것.
나는 지난 하루하루를
어깨로 떠받치며 살아왔고,
측쇄로 시간을 측정했으며
우랄을 가로지르듯 그 시간을 지나왔다.

3
나는 내게 맞는 시간을 골랐다.
우리는 남쪽으로 갔고, 초원에 먼지를 일으켰다.
관목들은 불타올랐다. 귀뚜라미는 장난을 치면서
수도사처럼 내가 죽으리라 예언했다.
나는 내 운명을 안장에 매달았다.
그리고 지금도, 미래에도
마치 소년처럼 등자에 발을 올려 서서히 일어서리라.
내 피가 이 시대에서 저 시대로 흐르도록 하는
나의 불멸에, 나는 행복하다.
하지만 삶의 바늘이

실로써 나를 여러 세상으로 이끌지 않는다면
항상 따뜻한 보금자리를 위해
나는 기꺼이 내 생명을 바치리라.

-「삶, 삶」 전문

그러나 러시아 부자 관계가 어떻든, 글을 쓰면 쓸
수록 영화와 시를 잇는 불가분의 관계 같은 건 없다는
사실을 알게 됐다(타르코프스키의 영화를 다시 볼 시간이
없다는 사실도). 삶이 그렇듯 무엇도 필연적이지 않다.
동시에 이미 이루어진 것은 그 무엇도 우연이라고 할
수 없다.

삶 = 삶/삶

그러므로 나는 ~의 ~다.

나는 ~한다, 고로 ~한다.

데니스 호퍼는 테이블 위에 권총 두 자루를 올려놓는 걸 좋아했다. 서스펜스, 스릴, 호러…… 그는 광적인 조증 환자였고 배우였으며 사진작가이고 예술 애호가이자 스타 배우를 남몰래 흠모하는 사회주의자였다(마르크스는 전혀 읽지 않았다, 그가 뭔가에 집중한다는 건 상상할 수 없는 일이었다. 집중할 수 있을 때는 오직 LSD에 취해 있을 때뿐이었다). 가십으로 똘똘 뭉친 영화사 책『헐리웃 문화혁명』에서 피터 비스킨드는 데니스 호퍼에 대해 이렇게 쓰고 있다.

> LSD에 취한 고대의 전사 같은 이 사내는 파티에 가면 만만해 보이는 인물들을 골라잡아 스튜디오는 안에서 썩고 있다, 스튜디오는 이미 죽었다는 둥 중언부언 장광설을 풀어대면서 현실과는 동떨어진 허장성세를 과시하는 버릇이 있었다. 그는 "이제 머리들이 여기저기 굴러다니고 구질서는 붕괴된다. 당신네 공룡들은 모두 뒈질 것이다"라고 끊임없이 주장했다. 그는 할리우드는 사회주의적인 원칙에 의해 운영되어야 하며 자신 같은 젊은이들에게 영화를 만들 자금을 지원해야 한다고 주장했다.

문학계, 소위 말하는 문단에도 데니스 호퍼 유형의 사내들이 있다(사실 이런 종류의 인간은 어디에나 있다). 그들은 문단 술자리를 돌아다니며 만만한 신인들을 골라잡아 박살 낸다. LSD가 없어 약 대신 술에 취한 것만 빼면 거의 비슷하다.

문단에선 시상식을 하고 나면 의례적으로 술자리를 갖는다(문단 내 성폭력 이후 이런 자리는 현저히 줄었다). 역대 수상자뿐 아니라 해당 출판사에서 책을 낸 작가들, 책을 낸 작가들의 친구인 작가들, 그들의 후배인 작가들, 선배인 작가들, 아무 상관 없지만 아무튼 작가들인 작가까지 작가라는 작가들은 다 오는 것 같은 그런 자리다. 나 역시 등단 시상식 후 그런 자리가 있었다. 두 명의 데니스 호퍼는 그날도 모습을 드러냈다.

그들은 시인과 소설가로 보통 쌍으로 다닌다. 시인은 머리가 조그맣고 유년 시절 사대문 밖에서 살아본 적이 없는 사내로 기타노 다케시 영화에 나오는 야쿠자처럼 생겼다. 소설가는 긴 앞머리에 안색이 어둡고 짙은 눈썹을 가졌는데 텍사스 남부를 배경으로 한 공포영화에 나올 법한 인상이었다. 그들 뒤로 죽은 작가들의 시체가 즐비했다. 그럴 수밖에 없는 게 갓 등단한 작가에게, 그것도 시상식 뒤풀이 자리에서 니가 쓴건 똥이네, 된장이네 하니 충격적일 수밖에. 작년 수상자에게는 이렇게 말했다고 하는 소문이 돌았다. 니 소설은 소설도 아니야. 그런 걸 써서 니가 원하는 게 뭔지 모르겠다. 가죽 팬티?

아니나 다를까 두 예술가는 그해 수상자인 나를 둘러싸고 앉았다. 내 옆자리에 있던 다른 작가들은 모두 자리를 피했다. 형식적인 인사가 오간 뒤 그들이 말했다.

니 소설은 팝이야.

음……?

니가 쓴 건 팝이라고.

그들은 다시 강조해서 말했고 솔직히 말하면 나는 무슨 말인지 알아듣지 못했다. 알긴 알겠는데 무슨 의도인지 알 수 없었다. 팝? 팝송? 가볍다는 뜻인가? 돈을 많이 번다는 뜻인가?

물론 가볍다는 뜻이었다. 어떤 사람들에게 팝은 나쁜 거라는 사실을 나는 그날 처음 알았다. 그들은 말했다. 지금의 문학은 모두 썩었다. 이제 곧 머리들이 여기저기 굴러다니고 독자의 비위나 맞추는 문학은 붕괴된다, 곧 우리의 시대가 올 것이다, 미래는 우리의 것이다……(그런 미래는 오지 않았다. 앞으로도 오지 않을 것 같다. 온다 한들……).

등단 시상식 날 있었던 이야기는 또 있다. 상을 받으면 꽃다발이나 선물 같은 것을 함께 받는다. 출판사 직원이 주기도 하고 예전 수상자들이 주기도 하고 친구들이 주기도 한다. 나도 뭔가를 받았고 그게 뭔지 살펴볼 경황도 없었다. 지인은 자신의 차에 내가 받은 것들을 실어주겠다고 했다. 마침 지인의 차는 시상식장 근처 도로에 주차되어 있었다. 나는 그의 도움으로 차에 선물을 실었다.

시상식이 끝나고 두어 달이 지난 뒤 문단의 어느 술자리에서 이번에 등단한 소설가(나)에 대한 이야기가 나왔다. 한 평론가가 입을 열었다. 걔는 안 되겠더라. 왜요? 외제 차 타고 다니면서 옷이나 신경 쓰는 애야. 정말? 한심하네요. 소설은 취미로 쓴다던데. 사람들은 혀를 끌끌 찼다. 그런 속물이 등단을 하다니……. 어쩌고저쩌고.

사정은 간단하다. 내가 짐을 실은 지인의 차가 외제 차였고 그걸 본 문단의 몇몇 사람들이 그런 이야기를 하고 다닌 것이다. 소문이 사실이면 좋았으련만……. 다행인지 불행인지 그 이야기가 오가는 자리에 나와 개인적으로 알고 있는 출판사 지인들이 있었고 그들은 분기탱천해 소리쳤다. 무슨 말씀하시는 거예요! 정지돈은 반지하에 사는 불쌍한 문청이라구요! …….

이 일화의 어느 지점에서 슬퍼해야 하는지 나는 정말 알 수가 없다…….

제1차 세계대전이 끝나고 아직 낭만주의 시인 테오도어 도이블러의 시 「북극광」의 품에서 벗어나지 않은 서른 즈음의 법학자이자 정치학자 카를 슈미트는 철학서도 선언문도 에세이도 소설도 아닌 이상한 텍스트를 하나 쓴다. SF소설의 형식을 빌린 예언적이고 열광적인 이 글은 부리분켄(Buribunken) 행성의 부리분켄학을 하는 부리분켄인들의 이야기로, 어쩌면 아직 그가 나치의 법학자가 되기 위한 어떤 종류의 결단을 내리기 전에 쓴 마지막 글일지도 모른다. 부리분켄 철학의 개요는 다음과 같다.

나는 생각한다, 고로 존재한다. 나는 말한다, 고로 존재한다. 나는 쓴다, 고로 존재한다. 나는 출간한다, 고로 존재한다. 이 명제에는 어떤 대립도 없다. 이것은 논리적 합법칙성에 따라 스스로를 넘어 발전해 나아가는 고양된 정체성의 단계들일 뿐이다. 부리분켄에서 생각한다는 것은 소리 내지 않고 말한다는 것이다. 말한다는 것은 글자 없이 쓴다는 것이다. 쓴다는 것은 출간을 예견한다는 것이며, 그러한 점에서 출간한다는 것은, 무시해도 될 만한 차이를 쓰는 것과 동일한 것이다. 나는 쓴다, 고로 나는 존재한다. 나는 존재한다, 고로 나는 쓴다. 나는 무엇을 쓰는가? 나는 나 자신에 대해 쓴다. 누가 나 자신에 대해 쓰는가? 내가 나 자신에 대해 쓴다. 나는 무슨 내용에 대해 쓰는가? 내가 나 자신에 대해 쓴다는 것을 쓴다. 이러한 자기충족적인 순환에서 나를 끄집어내어 부각시키는 거대한 동력은 무엇인가? 역사다!

그러하기에, 나는 역사라는 타자기의 철자다. 나는 스스로를 쓰는 철자다. 엄밀하게 말해 나 자신에 대해 쓴다고 내가 쓰는 것이 아니라, 내가 쓰는 것은 결국 나 자신에 다름 아닌 철자일 뿐이다. 하지만 쓰는 가운데 세계정신이 내 속에서 그 자신을 포착한다. 그러하기에, 나는 나 자신을 포착하면서 동시에 세계정신을 포착한다. 나는 물론 나 자신과 세계정신을 생각하면서가 아니라—시초에는 생각이 아니라 행위가 있기에—쓰면서 포착한다. 다시 말해 나는 세계 역사의 독자일 뿐만 아니라 세계 역사의 저자이기도 하다는 것이다. (……) 세계 역사가 우리에 대해 쓰는 동안, 우리는 세계 역사에 대해 쓰는 것이다.

다음 영화들에 대한 나의 견해로 이 책이 당신과 맞을지 안 맞을지를 가늠할 수 있을지도 모른다. 가급적이면 최근 영화들을 골랐다.

〈아이리시맨〉은 졸작이다. 마틴 스코세이지의 명복을 빈다. 넷플릭스 최고의 작품은 〈오티스의 비밀 상담소〉다. 〈조커〉와 〈기생충〉은 약자에 대한 편견과 오해가 서사를 추동하는 영화다. 〈기생충〉은 계급 문제를 다루는 것처럼 보이지만 영화의 진짜 핵심은 장르와 가부장제다. 〈조커〉는…… 말할 가치가 있나? 우선 재미가 너무 없다. 아카데미상은 아빠영화상으로 이름을 바꿔야 한다. 조던 필은 영화를 그만 찍어야 한다. 그자비에 돌란은 영화를 찍지 말았어야 했다. 〈백두산〉과 〈히트 맨〉을 극장에서 본 건 내 인생의 오점이다. 멀티플렉스에서 개봉하는 한국 영화는 재난이다. 스트리밍 사이트에서 제작한 모든 영화는 환경오염의 주범이다.

영화의 장점은 악평을 마음대로 해도 된다는 점에 있다. 문학은 그렇지 않다. 미술도 그렇지 않다(문학과 미술에서 그래도 되는 시기는 20세기 초에 끝났다). 그러나 영화는 괜찮다. 정성일이 신문에서 혹평을 했다가 길에서 만난 제작자에게 뺨을 맞은 일이 있긴 하지만…… 감독이었나? 아무튼 나는 영화에 대해선 가급적 막말한다. 상처를 받는 사람들도 있을 것이다. 내가 악평에 상처를 받는 것처럼(물론 나는 상처보다 더 큰 분노를 느낀다. 그들을 찾아내서…… 살려두지 않을 것이다……). 때문에 영화에 대해 악평을 할 때도 지키는 나만의 기준이 있다. 흥행에 완전히 실패한 영화, 모든 사람이 비난하는 영화에 대해선 말하지 않는다. 돈을 벌었거나 사회적으로 인정받은 영화라면 욕을 해도 무방하다. 소설도 부커상이나 노벨상을 받은 이후부터는 조금의 욕이 허락된다. 그러나 그 전에는 안 된다. 그래야 할 이유가 없다. 또한 여기서 말하는 욕이 인신공격이 되어선 안 된다. 그런 의미에서 그자비에 돌란에게는 미안한 마음이 있다(사실 당신의 영화를 한 편도 끝까지 보지 않았다). 조던 필에게는 미안하지 않다. 토드 필립스에게도. 그 영화들에는 문제가 있다. 무엇보다 참아줄 수가 없다…….

빈센트 갈로는 자신이 감독과 주연을 겸한 영화 〈브라운 버니〉에 악평을 한 평론가를 스토킹했다. 밤마다 전화를 걸어 내게는 당신을 갈겨줄 야구방망이가 있다고 말했고 전화를 끊은 뒤에는 다시는 영화 같은 건 찍지 않을 거라고 되뇌며 흐느껴 울다 잠들었다.

2003년 칸영화제에서 상영된 〈브라운 버니〉는 로저 이버트에게 "칸영화제 사상 최악의 영화"라는 평을 받았고(로저 이버트는 나중에 이 말을 정정했다, 왜냐하면 자신은 칸영화제에서 상영된 모든 영화를 보지 못했기 때문에……) 상영 중에 관객들은 감독을 죽여라! 라고 소리쳤다. 빈센트 갈로는 로저 이버트에게 "뚱보 돼지야,

결장암에나 걸려라"라고 말했다. 로저 이버트는 "나는 언젠가 살이 빠질지 모르지만 당신은 영원히 〈브라운 버니〉의 감독으로 남을 것이다, 그리고 내 결장암 검사 내시경 동영상이 영화보다 재밌을 것이다"라고 대꾸했다.

로저 이버트는 새롭게 편집을 한 〈브라운 버니〉를 보고 엄지손가락을 세워줬는데 이게 협박 탓인지 측은지심의 발로인지 모르겠다. 빈센트 갈로는 최근에 낸 에세이에 그때의 모든 일은 황색 저널리즘에 의해 과장됐고 로저 이버트는 악의적이었다고 썼다.

이 일화의 진실이 무엇인지는 관심 밖이다. 중요한 건 〈브라운 버니〉가 한때 내게 최고의 영화였다는 사실이다. 그리고 지금 다시 그 영화를 볼 자신이 없다는 것 또한.

시에서도 유사한 일이 발생한다. 나는 이성복과 황지우, 박남철, 이준규, 황병승 등의 시를 다시 볼 자신이 없다. 시간이 오래 지나면 괜찮아질지 모르겠다. 그러나 지금은 보고 싶은 마음이 들지 않는다.

좋았던 작품이 빛이 바래는 경우는 흔하다. 싫었던 작품이 좋아지는 경우는 어떨까. 영화는 예상외로 그런 경우가 꽤 있다. 그건 아무래도 영화를 보는 환경 때문일 것이다. 영화는 극장에서 내리고 나면 DVD로, TV로, 파일과 스트리밍으로 퍼져나간다. 시시했던 영화를 명절날 무방비 상태로 보고 눈물 콧물 흘린 기억

도 있다. 놀라운 건 그 영화가 뭔지에 대한 기억이 없
다는 것이다……. 단지 울었다는 기억만 있다.

　　더빙 영화는 무방비 상태의 우리를 습격하는 데
유용하다. 극장에서 영화를 볼 때는 환경이 우리를 무
장시킨다. 반면 더빙은 영화를 일상의 수준으로 다운
시킨다. 마음에 안 들면 채널을 돌리면 그만이다. 이런
환경의 변화가 감정에 영향을 끼친다. 물론 많은 지인
들이 더빙 영화라면 고개를 젓는다. 그런 걸 아직도 보
는 사람이 있어? 솔직한 심정을 말하면, 나는 모든 영
화가 더빙이면 좋겠다. 신체와 목소리가 어긋나면 좋
겠고 입 모양-언어와 소리-언어가 달랐으면 좋겠고
가능한 다른 모든 것들을 섞으면 좋겠다. 반대는 어떨
까. 더빙의 어원은 더블(double)이다. 한 배역을 두 사
람이 같이 맡을 수도 있다. 몸은 톰 크루즈, 목소리는
브래드 피트. 사운드 위에 영상을 입히는 방식의 더빙
을 상상해볼 수도 있다. 더빙 시는 어떨까. 시는 번역
을 허락하지 않는 대표적인 장르 중 하나다. 번역을 거
치면 시의 모든 에센스가 사라져버린다. 그러므로 우
리가 해야 할 일은 원작에 충실하지 않는 것이다. 원작
보다 자기 자신에게 충실할 것.

자기 자신에게 충실하라는 말은 사실 거짓말이다. 또는 일부만 진실이다. 언어는 아무리 완벽해도 50퍼센트 부족하며 수사는 100퍼센트 오류다. 언어가 100퍼센트 진실일 때는 오로지 언어가 언어 그 자신으로 작동할 때뿐이다. 이것은 자아가 존재하지 않을 때만 가능한 것이다. 그렇다면 우리가 느끼는 진실에 대한 감각은 뭘까. 어떤 언어를 접했을 때 정확히 표현했다고 느끼는 순간은 어떻게 도래하는 것일까.

거울이 다른 거울을 들여다 보면

나는 아주 어려서부터 온갖 종류의 책을 읽었지만 시집은 읽지 않았다. 그런 게 있다는 사실도 몰랐다. 내가 읽은 책들은 대부분 이야기였고 정보였다. 그리고 그 시절에는 정보도 이야기였다. 성균관대를 나와 보험회사를 다녔던 큰아버지 댁에는 많은 책이 있었다 (그는 우리 집안의 유일한 엘리트였다). 나는 명절이 되면 책장 앞에 앉아 꼼짝도 하지 않는 점잔 빼는 아이였고 어른들은 책에 빠진 나를 기특하게 바라봤다. 가장 좋아했던 책은 컬러 도판이 가득한 백과사전이었는데 일반적인 종류의 사전은 아니었다. 세계의 기이하고 신비한 불가사의들,《선데이 서울》같은 주간지에 있을 법한 미심쩍은 탐사보도로 페이지를 채운 책으로 당시에는 그런 책이 많았다. 지금은 대부분 유튜브로 자리를 옮겨 많은 사람들이 지구를 평평하다고 믿는 데 영향을 끼치지만 말이다. 아무튼 나는 큰아버지의 책장을 통해 버뮤다 삼각지대와 네스호의 괴물, 스톤헨지와 접속했고 이 이야기들이 추리와 판타지 문학에 빠지는 바탕이 되었다.

그러나 어디에도 시는 없었다.

큰아버지 책장에는 시집이 없었고 우리 집에도 시집은 없었다. 아버지는 이외수를 좋아하는 허풍선이로 조그만 사실도 크게 부풀릴 줄 아는 능력을 가진 사람이었다. 그리고 그 능력은 유전자 덕분인지 내게도 전해졌다. 아버지는 영화와 권투의 영웅들과 역사, 그들의 패배와 비열함에 대해서 일장연설 하는 걸 즐겼고 그걸 듣는 게 지겹지는 않았다. 알랭 들롱과 장폴 벨몽도를 기가 막히게 발음했고 〈볼사리노〉와 〈암흑가의 두 사람〉을 좋아했지만 장피에르 멜빌과 장뤼크 고다르에 대해선 전혀 몰랐다. 어느 날 그에게 소설가가 되겠다고 하자 그는 권투 선수가 되어 내 얼굴을 후려치려고 했다. 영화학과에 진학하려고 했을 때도 그랬다. 그의 주먹에 집 유리창이 박살났다. 나는 그에게 내 책을 주지 않았지만 그는 교보문고에서 책을 구했다. 그는 말했다. 내 왼쪽 눈이 안 보였던 게 그래 웃겼나? (나의 첫 단편소설에는 왼쪽 눈이 안 보인다고 불평하는 아버지 캐릭터가 두 줄 정도 등장한다).

　　어머니는 중학교 때까지 시인이 되려고 했다는 믿을 수 없는 말을 했다. 어머니가 책을 읽는 모습을 한번도 보지 못했다. 어머니에 대해선 농담을 하기 힘든데 그건 아버지 덕분에 어머니가 집의 모든 걸 떠안았기 때문이다. 그러므로 성인이 된 그녀가 책을 읽지 않는 건 당연하다. 책은 할 일 없는 사람들이나 읽는 것이다. 어머니는 말했다. 내가 왜 중학교 때 시집을 읽었냐 하면…… 할 일이 없었거든. 그래서 그림도 그렸다. 잘 그렸다. 어머니는 당시 좋아했던 시를 하나도 기억 못 하고 봤던 영화도 다 잊었다. 지금도 그림을 좋아하지만 미술관에 가는 건 싫어하신다. 한번은 내가 준 피카소 그림을 액자에 넣고 어디가 위인지 아래

인지 물으셨다. 나는 말했다. 나도 몰라……. 어머니는 내 책을 모두 읽었고 가끔 드라마 대본은 언제 쓰는지 묻는다. 나는 대답한다. 나도 몰라…….

드라마에는 가끔 시집이 나오고 그 덕에 베스트셀러가 되는 경우도 있다. 드라마에 시집이 나오는 건 문예창작과를 나온 드라마 작가가 많기 때문이다(단지 PPL일지도 모르고). 강남구청역에 지하철을 타러 가는 길이었다. 누군가 나를 보더니 어, 하고 소리를 질렀다. 안경을 낀 젊은 남자였는데 나에게 소설가 아니냐고 물었다. 당황했지만 고개를 끄덕였다. 그런데 누구신지? 그는 드라마 작가라고 했다. 퇴근길인데 작가님을 보고 자신도 모르게 반가워서 말을 걸었다고 했다.

드라마 작가님이 저를 안다니 놀라운 일이네요.

제가 학교 다닐 때 작가님의 소설을 읽고 토론도 하고 그랬거든요.

그가 말했다. 그는 서울예대 문창과 출신이었다.

그렇구나. 내가 말했다. 제 소설 보고 욕 좀 했겠네요.

그가 웃으며 말했다. 그렇죠. 그렇게 쓰시는데 욕을 안 먹을 수가 없죠.

…….

우리 사이에 잠시 정적이 흘렀고 나는 그에게 당신의 드라마에 제 책 좀 출연시켜주세요, 라는 말을 하진 못했다. 드라마의 성공을 빌어줬고 그는 내가 작가 생활을 꾸준히 유지하기를 응원했다.

서울예대 문창과를 나온 동료 소설가는 드라마 작가인 김은숙이 자신의 책 1쇄를 다 사주겠다고 한 말을 전했다. 김은숙은 그의 학교 선배였다. 그분이라면 1쇄를 모두 사는 건 일도 아니지. 1쇄 그래 봤자 몇 부 안 되니까…… 그럼 어쨌든 중쇄를 할 수 있는 건가! 동료와 나는 환호성을 질렀고 얼마 후 책이 나왔지만 김은숙 작가님은 소식이 없었다. 아무래도 바쁘시겠지. 〈태양의 후예〉가 전파를 탔고 김은숙 작가와 우리의 거리는 태양과 지구만큼 멀어졌다. 동료는 중쇄를 찍지 못했고 책이 나온 지 4년이 지난 지금도 책을 사면 판권에 1쇄가 찍힌 책을 받을 수 있다.

남한의 모든 시는 서울예대 문예창작과로 통한다. 방금 한 말은 거짓이다. 사실 시는 다른 많은 문창과나 예고로 통하기도 한다. 그러나 어느 쪽이든 파멸과 광기와 진실로 이어지는 길이다. 사실 나는 등단을 위해 글을 쓰기 전까지 서울예대에 문창과가 있는지도 몰랐다.

내게 처음 시를 가르쳐준 사람은 이원 시인이다. 그다음에는 조동범 시인의 수업을 들었다. 시 수업을 들은 건 이 두 사람이 전부인데, 두 분 모두 서울예대 출신이며 오규원 시인의 제자다. 오규원 시인은 서울예대의 커리큘럼을 만들다시피 한 사람이고 남한에서 시를 배우는 이들이 필수적으로 읽는 『현대 시작법』의 저자이기도 하다.

『현대 시작법』에는 다음과 같은 문장이 나온다. 시는 공적 언술이다. 시는 글을 아는 사람이라면 누구나 쓸 수 있는, 감수성을 표현하는 수단이 아니라 특정한 형식을 익혀야 하는 기술이다. 장르이기도 하다. 시적이라는 단어는 광범위하게 쓰이지만 시는 미술이나 음악 같은 다른 여타의 예술처럼 기본적인 교육과 기술 습득을 필요로 한다. 이 과정을 거치고 나면 현대시를 보는 눈이 자연스럽게 열린다. 이 과정을 거치거나 관심을 가지지 않은 사람에게 대부분의 시가 이상하게 느껴지는 건 당연한 일이다. 모든 장르가 그렇듯 장르에 빠지기 위해서는 시간과 노력이 필요하다. 그런데 유독 시는 감정의 깊이, 진실성 따위로 한번에 깨닫거나 다가갈 수 있는 본질적인 무언가라는 휘장에 둘러싸여 있다. 문제는 그러한 휘장을 적극 이용하는 시인들이 있다는 사실이다.

내가 처음으로 빠진 시는 김수영의 「구름의 파수병」이다. 이십대 초반이었고 미술 학교를 다니던 친구인 상민의 싸이월드 게시판에서 처음 이 시를 접했다.

만약에 나라는 사람을 유심히 들여다본다고 하자

그리고
나는 이미 정하여진 물체만을 보기로 결심하고 있는데
만약에 또 어느 나의 친구가 와서 나의 꿈을 깨워주고
나의 그릇됨을 꾸짖어주어도 좋다

외양만이라도 남과 같이 살아간다는 것이 이다지도 쑥
스러울 수가 있을까

거리에 나와서 집을 보고
집에 앉아서 거리를 그리던 어리석음도 이제는 모두 사
라졌나 보다

-「구름의 파수병」부분

다음에는 백석의 시에 빠졌고 그다음에는 이성복
의 시에 빠졌다. 이원 시인과 조동범 시인의 수업을 들
은 후에는 문지와 창비, 민음사에서 나온 거의 모든 시
집과 솔의 세계시인선이나 청하의 세계문제시인선, 천
년의 시작 시인선도 봤다. 이시카와 다쿠보쿠의 시를
게시판에 올려 (싸이월드) 지인들에게 보여주기도 했
고 만나던 친구에게 읽어주기도 했다.
   굉장한 시들이 있었고 그런 시를 쓰고 싶은 마음

에 열심히 시를 쓰기도 했다. 하드에는 당시에 쓴 백 편의 시가 남아 있는데 공개할 수 있는 시는 한 편도 없다. 나와 합평을 주고받았던 소설가 오한기는—그는 원래 촉망받는 시인이었다—내 시를 읽고 빼야 하는 문장에 줄을 그어주었다. 두 페이지짜리 시였는데 결과적으로 두 행이 남았다. 시의 제목은 「날씨」였고 남은 행은 "내 기분을 나아지게 하는 것은" "날씨뿐".

오한기에게 바치는 시도 썼다. 제목은 「인동덩굴색 소년」. 인동덩굴색은 2011년 팬톤이 선정한 올해의 색이었다. 발음이 귀여워 제목으로 썼지만 정작 나는 발음을 못 해 낭독할 때마다 애를 먹었다. 시인은 낭독을 잘해야 한다. 그때 시인이 될 자질이 없음을 깨달았어야 했지만 깨닫지 못했다. 이렇게 생각했던 것 같다. 낭독은 지구에서 사라져야 한다.

학교를 졸업하고 등단에 대한 희망이 거의 사라졌을 때도 시는 꾸준히 썼다. 회사를 다니면서 퇴근 후에는 24시간 카페에 가서 꾸벅꾸벅 졸면서 책을 읽고 시를 썼다. 테라스에 앉아서 지나가는 사람들을 보며 우스꽝스럽고 감상적인 생각에 빠졌고 카페 직원들은 말을 하지 않아도 커피 사이즈를 업그레이드해줬다. 그시절의 나는 문학 말고 아무것도 기댈 게 없었다. 위대한 작품을 쓰는 것만이 살아 있는 유일한 목적이었고 조금이라도 마음에 드는 시를 썼을 땐 세상을 다 가진 것 같았다.

시가 나를 구원해준 것일까 아니면 점점 더 구렁
텅이에 빠뜨렸던 것일까. 시를 쓰지 않았으면 그 시간
동안 무엇을 했을지 생각해본다.

무언가를 좋아하는 일이 깊어질수록 진위 판단이나 가치 판단이 더해지는 건 피할 수 없다. 정치적으로 올바르거나 이론적으로 뛰어난 작가들, 의심할 나위 없는 경지에 오른 작가나 평론가도 이러한 상황을 피해가지 못한다. 판단을 취향으로 미루는 것은 업무 유기다. 판단을 보류하는 것은 위선이거나 거짓이다. 비판을 절제하는 것처럼 보이는 이들은 글 속에서 은근한 방식으로 선과 악, 옳음과 그름을 대립시킨다. 사람들은 A에 현혹되거나 A라고 생각하지만 사실 정수는 B에 있다, 는 식의 수사로 의견을 개진한다.

어떤 예술이건 그것을 깊이 좋아하는 일이 시간이 갈수록 힘든 이유가 여기에 있다. 내게는 맞설 상대가 없고—있다면 가장 큰 상대는 내가 되어야 할 것이다—누군가를 이겨먹고 싶은 생각도 없다(경쟁이라는 개념을 이해할 수 없다). 하지만 나는 박 모 시인의 시나 박 모 감독의 영화를 받아들일 수 없고 그것들을 좋아하는 사람들도 좋아할 수 없다. 내가 계몽주의적이거나 선민의식에 물들어 있는 건 아닐까. 더 많이 안다거나 더 좋아하는 건 무엇일까. 지적인 즐거움 외에는 아무것도 존재하지 않는 깊이란 존재할 수 있을까. 내게 필요한 건 순수한 긍정과 기쁨이다.

우리는 예술 작품을 예술가의 표현으로 간주하는 생각에 익숙해져 있기 때문에 예술이 다른 기능을 수행할 수 있다는 생각을 떠올리기 힘들 수도 있다. 하지만 일단 의문을 제기하고 나면……. 예술가가 개인적 고통이라는 인간적 강박을 넘어서서 혹은 그 외부에서도 창작을 할 수 있음을 깨닫는다.

점심을 먹지 않는 사람들을 위한 시

일반적으로 다음 네 가지 감정을 가진 사람들은 나와 맞지 않는다. 애국심, 애향심, 애교심, 애사심. 그래서 인지 대구 출신인 나는 대구에 사는 게 힘들었고(대구는 애향심의 도시다, 특히 수성구 사람들의 지역에 대한 자부심은 인류학적 연구 대상이다) 대학교를 다니는 게 힘들었으며(과 잠바는 지구의 오물이다) 회사 간부들과 의견이 맞지 않았고(회사가 잘되든 말든 나랑 무슨 상관이람) 한국에서 사는 게 힘들다……. 이런 사람들이 있는 곳에서 나는 거의 왕따에 가까운데 사실 그다지 개의치 않는다. 수학여행을 갈 때는 옆에 앉을 만한 친구가 없었고 대학교를 다닐 때는 늘 혼자 밥을 먹었다. 문제는 꼭 놀리는 사람이 있다는 사실이다. 소그룹 내에서 잘나가는 동기나 선배들은(이런 사람들은 대체로 순발력이 뛰어나고 노래를 잘하고 피부가 좋다) 히죽거리며 말한다. 넌 같이 밥 먹을 사람도 없어? 나는 뭔가 기발한 대응을 꿈꾸지만(로저 이버트처럼 말이다) 이미 얼굴은 빨개졌고 말은 더듬거리기 때문에 상대하긴 틀렸다. 그냥 멋쩍게 웃으며 혼자 먹는 게 편하다고 하는 수밖에.

이런 성향이 나이를 먹는다고 달라질 리 없다. 어떻게 매끼 같이 밥 먹을 사람을 찾을 수 있는지 모르겠다. 그래야 할 필요가 있을까. 나는 대충 한 끼 때우는 게 좋다. 이걸 현대인의 병폐니 뭐니 하면서 유럽은 점심시간이 두 시간이고 그 안에서 대화가 꽃피고 관계가 형성되고 어쩌고저쩌고하면 뭐라고 대꾸해야 할지 모르겠다. 내가 유럽인이 아닌 건 사실이고 현대인이 아닌 건 아니니까 그런 선험적인 비판이 들어오면 피할 구멍이 없다.

　미식은 즐거운 일이지만 귀찮은 일이기도 하다. 어떤 사람들에게 미식은 행복의 척도다. 그들의 선택은 존중한다. 다만 미식을 즐기는 사람들은 너무 거만하거나 오지랖이 넓은 경우가 많다. 미식에 관심이 없는 사람들을 삶의 진정한 즐거움을 모르는 양 취급한다. 이건 여행을 즐기는 사람들에게도 나타나는 특징이다. 여행을 싫어한다구요? 오, 어쩜…… 저런……. 나는 여행에도 미식에도 취미가 없다. 내가 관심 있는 건 오로지 예술뿐이다…….

　시의 가장 큰 장점은 짧다는 것이다. 그럼 서사시는? 장시는? 그런 시들은 장점을 포기한 작업들이다. 대신 다른 장점을 가졌을지도 모르지만 나와는 상관없는 일이다. 나는 긴 시는 읽지 않는다. 긴 영화도…… 긴 소설도…….

　점심시간의 가장 큰 단점은 짧다는 것이다. 생각이 있는 회사들은 점심시간을 1시간 30분 내지 2시간으로 늘리기도 한다. 그러나 이런 회사는 극소수인 것 같다. 여전히 대부분 회사의 점심시간은 1시간이다. 그러나 짧기 때문에 점심시간이 더 소중하게 느껴지는 것일지도 모른다. 늘 그렇듯이 장점은 단점이 되고 단점으로 인해 장점이 발생한다. 둘은 서로를 가능하게 하거나 자리를 바꾼다.

프랭크 오하라의 시집 『점심 시들Lunch Poems』은 직장인이 점심시간을 이용해 산책하고 생각하고 대화를 나누고 다시 산책하는 것에 관한 이야기다. 나는 회사를 그만둔 후에 이 시집에 대해 알게 됐는데 이보다 완벽한 한 쌍은 없다는 생각을 했다. 영화는 점심에 어울리지 않는다. 소설도 점심에 어울리지 않는다. 심지어 에세이도 점심에는 어울리지 않는다!

오로지 시만이 직장인으로 가득 찬 대도시의 점심시간에 어울린다. 말을 조금 바꾸면 "가능하다". 그러니 시를 길게 쓰는 시인들은 직장인들의 적이다. 그들은 시를 읽는 사람들에게 너무 많은 것을 요구한다. 그들이 요구해야 할 대상은 독자가 아니라 세계다. 안타까운 건 세계가 곧 독자인 경우가 많다는 거지만.

나는 점심시간에 밥 먹는 걸 싫어했다. 점심시간은 밥을 먹기 위해 존재하는 게 아니라 혼자 있기 위해 존재한다. 조금이라도 더 많은 시간 동안 혼자 있을 수 있다면, 밥 따위는 어찌 되든 좋다. 직장 동료에게 볼일이 있다고 말하고 혼자 회사 밖으로 나가 한적한 도시의 뒷골목으로 걸어간다. 빵집이나 편의점에서 요깃거리를 사서 근처 공원이나 벤치에 자리 잡는다. 회사 근처에 그럴듯한 공원이 있다면 더 좋을 것이다. 센트럴 파크나 하이드 파크, 뷔트 쇼몽 같은…… 미술관이나 호

숫가가 있어도 좋겠다. 모마나 빅토리아앤드앨버트, 코모 호수 같은⋯⋯ 6개월 정도 다녔던 회사는 한남동에 있었다. 주말이면 데이트하는 연인이나 쇼핑을 나온 사람들로 붐비지만 평일 낮은 조용하다. 힙하기로 유명한 카페도 테이크아웃 손님만 조금 있을 뿐이다.

회사 옆에는 작은 성당이 있었다. 나는 커피를 사서 성당의 정원에 앉아 시간을 보냈다. 투박한 벤치와 성모마리아상, 다듬어지지 않은 화단 말고는 아무것도 없지만 차 소리도 들리지 않을 만큼 고요했다. 햇볕에 얼굴이 타는 게 걱정됐지만 사람도 없고 말도 없고 생각도 없다. 서울에서 이런 곳을 찾는 건 쉽지 않은 일이다. 오직 평일 낮의 틈 안에서 잠깐 열리는 시공이다. 가끔은 회사 근처에 놀러 온 친구를 만나 산책을 한다. 밥은 먹지 않고 커피는 테이크아웃해서 골목 사이를 걸으며 대화를 나눈다. 편집숍에도 들어가고 서점이나 소품 가게에도 들어간다. 내게 주어진 시간은 1시간 남짓이다. 그리고 이 시간을 고스란히 시로 변화시킨 것이 프랭크 오하라의 「점심 시들」이다.

프랭크 오하라는 회사 생활을 뉴욕에서 했다. 그것도 모마에서. 이제 더 이상 제1세계에 대한 환상 같은 게 없고 어떤 곳이든 문제와 모순이 존재한다는 건 알지만 1950~1960년대의 뉴욕, 그리고 모마라면 부럽지 않을 도리가 없다. 프랭크 오하라는 마초들이 비웃는 브룩스 브라더스적인 룩을 하고 동성 연인들과 뉴욕의 런치타임을 거닐며 시를 썼다. 그는 자신의 시를 사회학자인 폴 구만이 말한 "순간들을 기념하는 시 Occasional poetry"라고 했다. 일상이 잠깐 번쩍이는 순간을 포착하는 것. 그러기 위해 그는 사무실을 빠져나와 거리를 걸었고 노변에 앉아 친구와 대화를 나누고 연인을 만나기 위해 횡단보도를 건넜다.

> 나는 길거리에
> 녹아들고 있어.
> 당신은 누구를 사랑해?
> 나를?
> 빨간불인데 그냥 건널래.
>
> ─「워킹 투 워크Walking to work」부분

프랭크 오하라는 비공식 집단인 뉴욕 시파로 묶이는 시인이다. 존 애쉬버리나 케네스 코흐, 바버라 게스트의 동료였고 비트 시인들과는 가까우면서도 먼 애매한 관계였다. 사람들은 그를 시인으로 기억하지만 사실 생전에 그가 발을 담그고 있던 곳은 미술계였다. 모마의 어시스턴트 큐레이터이자 《아트 뉴스》의 필자였으니 당연한 일이다(1959년에 나온 잭슨 폴록의 모노그래프 서문을 쓰기도 했다). 그는 미술을 사랑했지만 지나치게 진지해지거나 깊이 들어가는 것은 경계했다. 작가를 이야기할 때는 신변잡기를 빼놓지 않았고 사적인 자리에서는 가십으로 대화를 이어나갔다. 그림 좋다, 개념 훌륭하다, 더 이상 무슨 할 이야기가 있는가. 그가 동료 래리 리버스와 함께 쓴 희곡〈케네스 코흐: 비극〉은 당시 뉴욕 미술계에서 한 가닥 한다는 건달들이 모두 모이는 세다 바에서 이루어지는 난리법석을 담은 작품이다. 대중에게 공개되거나 공연을 올리진 않았는데 그 이유가 주요인물로 등장하는 잭슨 폴록이 너무 무식하게 그려져서는 아닐 것이다. 잭슨 폴록은 이미 난폭한 마초로 소문나 있었고 날로 높아져가는 예술계의 명성과 별개로 알 만한 사람들은 모두 그를 오줌싸개라고 생각했다. 잭슨 폴록 자신도 오줌을 참아야 한다는 의식이 거의 없었다. 이건 자연스러운 생리현상이다! 쏴아아아~ 잭슨 폴록이 페기 구겐하임의 집에서 벌인 소동은 뉴요커라면 모르는 사람이 없었다.

신변잡기적이고 가십에 가까운 것은 프랭크 오하라의 시도 마찬가지다. 뉴욕의 일상과 점심시간이라는 찰나 동안 잠깐 부상했다 사라지는 감각을 포착하는 데 뛰어나기도 했지만 그의 중요한 특징은 무엇보다 자신의 사소한 이야기를 한다는 것에 있다. 그는 냉소적이라는 평가를 받았고 스스로도 냉소적이라고 말했지만 단순히 속물 부르주아의 냉소는 아니었다. 뉴욕의 예술계가 세계의 중심이 되고 미국의 모든 것이 보편적인 것이 되어가던 시기, 그는 그린버그나 로젠

버그, 라이오넬 트릴링식의 이론 정립에는 무관심했다. 그의 냉소는 무언가를 깊이 좋아한다는 것에 내재한 위험을 인식한 냉소다. 그는 삶의 사사로운 요소들에는 냉소적이지 않았다. 오히려 열광적이었다. 무언가가 지속되고 확장되며 정립되어야지 의미 있다는 식의 사고방식에 냉소적이었을 뿐이다. 그는 자신의 시가 영원이나 상징 속에 있는 게 아니라 '리얼타임'이길 원했다. 시는 시를 읽는 지금 이 순간 삶과 함께 일어나는 일이다. "I do this, I do that"이라고 말한 방식의 시는 그렇게 해서 쓰인 것이다.

It is 12:20 in New York a Friday

three days after Bastille day, yes

it is 1959 and I go get a shoeshine

because I will get off the 4:19 in Easthampton

at 7:15 and then go straight to dinner

and I don't know the people who will feed me

– 「the day Lady died」 부분

이런 그를 진지하지 않은 시인/비평가로 취급하는 건 쉬운 일이다. 다른 평론가들은 프랭크 오하라를 가십이나 일삼고 그날 있었던 일이나 말하는 가벼운 작가로 취급했다. 진지함이란 시를 포함한 예술들이 살아남는 최고의 전략이다. 가벼운 글을 쓰는 작가라 할지라도 어딘가에선(인터뷰나 SNS?) 진정성을 보여줘야 한다. 그러나 프랭크 오하라는 그러지 않았다. 그는 단지 자신이 사랑하는 것을 말했을 뿐이다.

유튜브에는 프랭크 오하라가 『점심 시들』에 실린 시 「너랑 콜라 먹기Having coke with you」를 낭독하는 영상이 있다. 음악적인 구석이라고는 없는 건조한 낭독이다. 브룩스 브라더스의 버튼다운 셔츠를 입은 그는 담배를 물고 그냥 시를 읽는다. 이야기를 하는 것 같기도 하고, 책을 읽는 것 같기도 하다. 약간 짜증 난 것 같기도 한데 그건 내가 낭독을 할 때와 비슷한 점이기도 하다.

「너랑 콜라 먹기」는 연인 빈센트 워렌에게 영감을 받아 쓴 시이다. 플로리다 출신의 발레리노인 빈센트 워렌은 1959년 프랭크 오하라와 만나 오하라가 1966년 교통사고로 죽는 날까지 함께했다. 「너랑 콜라 먹기」 외에도 많은 시가 빈센트 워렌에게 영감을 받아 쓰였다. 프랭크 오하라는 빈센트 워렌을 만나고 2년 뒤에 쓴 예술적 선언문 「퍼소니즘: 선언Personism: A Manifesto」에서 이렇게 말했다. 내가 만약 전화를 이용해서 시를 쓸 수 있다면, 이라고 생각하는 것을 깨닫는 순간 퍼소니즘이 태어났다. 시는 두 장의 페이지가 아니라 두 사람 사이에서 이루어지는 것이다.

잠은 패배자의 것

2007년이었다. 이십대 중반에 접어든 나는 한참 영화에 빠져 있었고 특히 장 외스타슈나 필리프 가렐, 다니엘 위예와 스트라우브, 크리스 마커와 같은 누벨바그에 비해 좀 덜 알려진 프랑스 감독들에 빠져 있었다. 물론 이 감독들의 영화를 본 건 아니었다. 앞에서 말했듯 나는 영화를 보지 않고 영화에 빠지는 경향이 있었다. 이걸 경향이라고 말해야 할지 사기라고 말해야 할지 모르겠지만…….

아무튼 서울아트시네마에 필리프 가렐의 영화가 걸린다는 소식을 들었다. 필리프 가렐? 그게 누구야? 당시 나와 가깝게 지내던 친구들은 영화를 좋아했지만 시네필은 아니었고 시네필이 되고 싶은 마음도 없는 좋은 사람들이었다. 나는 그들을 설득했다. 이 영화는 꼭 봐야 한다. 필리프 가렐이 누구냐 하면…… 루이스 가렐의 아빠다! 루이스 가렐은 누군데? 루이스 가렐은 〈몽상가들〉에서 에바 그린과 남매로 나온 남자다! 오! 〈몽상가들〉! 친구들은 그제야 반응을 보였다. 나는 신이 나서 이야기했다. 〈몽상가들〉의 감독은 베르나르도 베르톨루치인데 68혁명을 배경으로 만든 그의 영화를 보고 필리프 가렐은 자신의 아들인 루이스 가렐을 다시 캐스팅해 진짜 68혁명을 만들어야겠다고 결심하지, 이것이 나의 응답이라며(루이스 가렐의 말에 의하면 사실 〈몽상가들〉의 촬영 현장에 방문한 필리프 가렐은 배우와 대사를 훔쳤을 뿐만 아니라 베르톨루치가 쓰고 남은 의상들도 가져가서 영화에 썼다고 한다. 그러므로 훔치고 더하고 변형하고 응답하기).

그게 니가 보러 가자는 영화야?
아니…… 그 영화는 〈평범한 연인들〉이야.
그럼 지금 보러 가자는 건 뭔데?
〈와일드 이노선스〉.
그건 어떤 영환데?
걸작이야.

내가 말했다. 나는 그 영화를 보지 않았으니 걸작인지 아닌지 알 리가 없었지만 걸작이 분명할 거라고 생각했고(필리프 가렐은 심지어 앤디 워홀의 팩토리에 들락날락하며 니코와 결혼했고 그녀를 주인공으로 한 영화까지 만든 사람이라고! 니코가 누군데? : 친구와 나의 대화) 미심쩍어하는 친구들을 열심히 설득했다.

결국 나를 포함해 네 명의 친구는 비 오는 종로 거리를 지나 서울아트시네마에 필리프 가렐의 영화를 보러 갔다. 결과적으로 나는 영화를 보지 못했다. 시간을 맞추지 못해서? 아니. 우리는 딱 맞게 도착했고 무사히 자리에 앉았다. 다만 불이 꺼지고 필리프 가렐 특유의 흑백 영상이 나오기가 무섭게 나는 잠이 들었다. 어찌나 깊게 잤는지 영화 중간중간에 경련까지 일으켜 친구들은 엄숙한 아트시네마의 관람 분위기를 망칠까 노심초사했다고 한다. 이후 친구들은 내가 걸작이라고 말하는 영화는 믿지 않았다. 그 영화 보긴 했어? 나는 대답한다. 봤어. 일부만…… 또는 꿈속에서…….

영화를 보면 잠이 든다는 사실을 인정하는 데 시간이 꽤 걸렸다. 나는 극장에서 영화를 보건 집에서 영화를 보건 잠이 드는데 정도가 너무 심각해 기면발작증에라도 걸린 게 아닌가 싶을 정도다. 사실상 내가 보면서 잠들지 않은 영화는 거의 없다고 할 수 있다. 특히 평소에 걸작이라고 말하는 영화들은 거의 대부분 잠든 영화들이다(물론 내가 타인에게 말하는 영화의 앞에는 늘 '걸작'이라는 수식어가 붙는다. 친구는 이렇게 물었다. 걸작이 아닌 영화가 있기는 해?). 그렇다고 세간의 평가처럼 예술영화는 졸리고 지루하다거나 잠이 잘 올수록 더 좋은 영화라는 등식이 생기는 것은 아니다. 다만 이렇게 말할 수는 있을 것이다. 잠이 든 영화가 모두 좋은 영화는 아니다. 그러나 좋은 영화는 모두 우리를 잠들게 한다.

필리프 가렐〈평범한 연인들〉. 잤다. 샹탈 애커먼〈노 홈 무비〉. 잤다. 장 외스타슈〈엄마와 창녀〉의 러닝타임은 220분이다. 장뤼크 고다르〈영화의 역사(들)〉의 러닝타임은 266분이다. 두 번 다 두 번 잤다. 벨라 타르의〈사탄 탱고〉438분…… 자고 깨기를 반복했고 꿈도 꿨다. 꿈속의 꿈속의 꿈……* 오타르 이오셀리아니 〈가을의 정원들〉은 내가 가장 사랑하는 영화다. 물론 잤다. 아피찻뽕 위라세타쿤의 모든 영화, 허우 샤오시엔의 모든 영화, 페드로 코스타의 모든 영화, 꿀잠. 미겔 고미쉬 〈천일야화〉. 언제 다 볼 수 있을까? 알렉산더 소쿠로프 〈프랑코포니아〉. 다 보는 데 반년 걸림 (이 영화의 러닝타임은 고작 89분이다. 네이버 평점의 베댓은 다음과 같다. 89분 만에 두 번이나 잠에 빠지게 한 영화는 처음이다. 황금사자상 받을 만하다). 내가 잠들지 않는 영화는 오로지 블록버스터뿐이다. 그러나 최근에는 〈엑스맨: 다크 피닉스〉를 보면서도 잤다. 함께 간 친구는 말했다. 정말 조금의 틈도 허락하지 않고 조는구나. 그렇다. 나는 말했다. 이 영화 혹시 걸작인가? 아니. 친구가 말했다. 죽여버려……

---

* 여담이지만 세계에서 가장 긴 영화가 될 예정인 영화는 스웨덴의 앤더스 위베르그Anders Weberg의 〈앰비언스Ambiancé〉로(2020년 개봉 예정) 러닝타임은 720시간, 약 30일이다. 이 영화의 예고편은 72시간이다.

새들은 가끔 잠을 자지 않거나 반만 잔다. 며칠에서 길게는 일주일씩 날아야 하기 때문인데 과학자들은 이런 새의 뇌 활동에 대해 관심을 가져왔다. 어떻게 반만 자지? 졸음운전인가? 그러나 새의 비행에는 문제가 없다. 막스 플랑크 조류연구소의 닐스 라텐보르그가 이끄는 연구팀은 새가 깊은 수면 상태에서도 날 수 있으며 한쪽 눈을 뜨고 적을 볼 수도 있다는 사실을 알아냈다. 연구팀은 비둘기가 관람할 수 있는 작은 영화관을 만들고 한쪽 눈을 가린 후 동물학자이자 방송인인 데이비드 애튼버러의 다큐 시리즈 〈새들의 삶The Life of birds〉을 보여주었다. 비둘기들은 한쪽 눈으로 8시간 동안 영화를 본 뒤에 진짜 잠이 들었다.

흰정수리북미멧새는 가을에 알래스카에서 북멕시코로 갔다가 봄에는 다시 아메리카를 거쳐 알래스카로 돌아가는데 이동 중에 무려 7일 동안이나 자지 않는다. 위스콘신 대학의 연구자들은 이 새의 두뇌 활동을 조사해 사람들에게 적용할 방법을 발견하고자 했다. 연구자들의 목적이 최대한 오래 졸지 않고 영화를 볼 수 있는 방법을 찾고자 하는 것이었던 것은 아니다. 미 국방부의 재정 지원을 받은 이 연구는 사실 군사적 용도, 궁극적으로 불면 병사를 만들어내기 위한 프로젝트의 일환이었다. 더 이상 불침번 때문에 고생할 일은 없다! 미 국방부는 언제나 잠을 통제하는 데 관심이 많았다. 관타나모 수용소에 수감된 무하마드 알 카타니는 2개월간 거의 제대로 된 잠을 자지 못했다. 그는 고광도 램프로 불을 밝힌 좁은 칸막이 방에 갇혔고 20시간씩 심문을 받았다. 그가 받은 고문은 도널드 럼스펠드가 승인한 '제1차 특수심문계획'에 따른 것으로 수면 통제를 비롯해 다양한 측면에서 감각과 정신에 고통을 주는 것이었다. 알 카타니가 수감된 곳의 암호명은 '캠프 브라이트 라이츠Camp Bright Lights'지만 군사 정보 요원들은 이곳을 '다크 사이트Dark Sites'라고 불렀다.

최근에는 많이 변했지만 영화는 기본적으로 침묵과 어둠을 동반한다. 그러므로 영화에서 잠은 천적이다. 잠을 통제하지 못하는 영화감독은 영화를 만들 자격이 없다. 잠을 통제하지 못하는 사람은 영화를 볼 자격이 없다. 시네필들에게 영화를 보다 잠드는 것은 기도 중에 조는 것과 다를 바 없다. 영화제에선 거만한 평론가나 심사위원이 상영 중에 졸고 난 후 평가를 내린다는 뒷소문이 돈다(영화를 제대로 보기나 한 거야?: 어느 영화감독의 분노에 찬 일갈). '불면의 밤'이나 '미드나잇 익스프레스' 같은 이름의 프로그램에서는 밤새 서너 편의 호러나 좀비 영화를 상영한다. 영화가 모두 끝날 때쯤이면 극장 안의 사람들이 모두 좀비가 된다.

지금은 사라진 영화제인 레스페스트에서 밤샘 프로그램을 본 적이 있다. 레스페스트답게 상영작에는 뮤직비디오와 단편영화, CF가 섞여 있었고 크리스 커닝엄이나 마이크 밀스, 조너선 글레이저 같은 당시 잘나가던 감독들의 작품도 있었다. 친구는 걱정했다. 작품들도 생소한 데다 밤새워 하는데 잘 볼 수 있을까? 나는 말했다. 요즘 불면증이 있어서 걱정 없어. 친구와 나는 에스프레소를 마시고 극장으로 향했다. 첫 영화가 시작되고 관객들의 머리 위에서 밝은 빛의 원뿔이 돌고래처럼 꿈틀거리고 인물들이 스크린에 등장했…… 눈이 스르르…… 결과는 굳이 말하지 않겠다……. 그 친구와 나는 다시는 함께 영화제에 가지 않았다.

출처가 정확히 기억나지 않지만 이런 이야기도 있다. 영화평론가 정성일은 긴 강연 시간으로 유명하다. 한번은 부산의 백화점 문화센터에 강연을 갔다. 영화의 전당도 생기기 전, 영화를 사랑하지만 기회가 많지 않았던 반백 명 내외의 시네필들은 강연을 듣기 위해 문화센터에 모였다. 이른 저녁에 시작된 강연은 예정된 시간을 훌쩍 넘겨 진행됐고 백화점 건물 전체의 마감 시간인 11시가 되었다. 경비원이 말했다. 이제 셔터 문을 내려야 한다고, 지금 문을 내리면 내일 아침 6시까지 아무도 나가지 못한다고. 정성일은 말했다. 저는 아직 영화에 대해 할 이야기가 남아 있습니다. 저와 함께할 동지가 하나라도 있다면 강연을 계속하겠습니다. 우정의 이름으로. 한 명도 자리에서 일어나지 않았다. 경비원은 셔터 문을 내렸고 강연은 계속됐다. 당시 그 자리에 있었던 청중 한 명은 후에 그 사건을 이렇게 회고한다. 새벽 4시쯤 되었을까요, 사람들 대부분 곯아떨어졌고 저도 더 이상 견디지 못하고 잠이 들었습니다. 얼마나 잤는지 모르겠네요. 동이 텄고 문화센터의 창문을 통해 햇빛이 들어왔습니다. 저는 겨우 눈을 뜨고 앞을 바라봤습니다. 모든 사람이 잠든 방 안에서 오직 한 사람, 정성일만이 강연을 계속하고 있었습니다. 그의 머리 위로 아침 해가 만든 후광이 빛났습니다…….

잠을 통제하는 경향의 최종 종착지는 무비 마라톤이다. 자지 않고 누가 가장 오래 영화를 보는지 경쟁하는 것이다. 영화의 영역에서 잠을 완전히 추방하기.

2019년 현재 기네스 공식 기록 보유자는 남아공의 슈레시 요아킴으로 121시간 18분 동안 스트레이트로 영화를 봤다. 121시간이면 5일이 조금 넘는다. 왜 이런 짓을 하냐 싶겠지만 영화계에서는 꽤 자주 열리는 행사다. 2003년 《씨네21》은 웹사이트 오픈 기념으로 잠 안 자고 오래 영화 보기 대회를 열었다. 씨네마TV도 매년 대회를 열었다. 부상으로는 칸영화제 초대권이 주어졌다(2003년 12월 스카라극장에서 열린 대회에는 봉준호가 참가했다. 〈플란다스의 개〉도 상영작에 포함되었는데 그가 얼마나 버텼는지 모르겠다). 2009년 CGV가 조금 더 규모를 키워 대회를 열었다. 최후의 생존자인 이수민 씨와 이상훈 씨는 68시간 7분 동안 쉬지 않고 영화를 봤다. 더 이상 보면 위험하다는 의사의 판단하에 두 사람은 공동 우승자가 되었다(나는 이수민 씨와 영화과 동기로 이 소식은 기사로 접했는데 마음속 깊이 존경심이 생겼다). 2회 우승자는 70시간 51분 동안 잠을 자지 않았다. 한국 신기록이라고 한다. 최근에는 바디 럽이라는 베개 회사에서 상금 1000만 원이 걸린 잠 안 자고 오래 버티기 대회를 열었다. 주최 측은 대회가 시작되고 10시간 뒤 버티는 참가자들을 보내버리기 위해 안드레이 타르코프스키의 〈노스탤지어〉를 상영했다. 영화가 상영되는 순간 대회장에서는 한숨 소리가 흘러나왔다고. 망할 롱테이크!

태국의 영화감독 아피찻뽕 위라세타쿤은 2018년 로테르담영화제에 '슬립시네마호텔'이라는 설치 작품을 출품했다. 슬립시네마호텔은 로테르담의 무역센터 3층 홀에 설치된 숙박 시설로 75유로만 내면 영화제가 진행되는 기간 동안 관객들이 실제로 투숙할 수 있다. 비계 프레임으로 만든 도미토리 형태의 호텔로 다양한 높이로 연결된 포근한 침대가 있으며 캔버스 재질의 커튼도 있다. 예약하지 않은 일반 관객들은 낮 시간 동안 발코니를 통해 호텔을 구경할 수 있다. 호텔의 가장 중요한 특징은 거대한 원형 스크린을 통해서 120시간 동안 쉬지 않고 이미지가 나온다는 사실이다. 이미지는 아피찻뽕이 아이 필름뮤지엄과 네덜란드 사운드앤드비전 인스티튜트(EYE Filmmuseum and The Netherlands Institute for Sound and Vision)의 협조를 얻어 제작한 것으로 상영 시간 동안 단 한 번도 같은 이미지가 반복되지 않는다. 그러므로 이것은 헤라클레이토스의 강물과 같은 것이다. 잠자는 사람, 잠자는 동물, 기후변화, 바다와 호수, 보트, 산맥과 도시의 이미지와 파도 소리, 새들의 지저귐, 배가 삐걱거리는 소리 같은 사운드가 함께한다. 하룻밤을 지낸 투숙객들은 체크아웃하기 전 자신이 슬립시네마호텔에 머무는 동안 꾼 꿈을 꿈 방명록(Dream guestbook)에 기록해야 한다. 꿈의 공유. 꿈을 꿨거나 꿈을 기억한다면 말이다.

　　인터뷰에서 아피찻뽕은 이렇게 말했다. 오래전부

터 영화는 꿈을 모방해왔습니다. 사람들은 이미 최고의 영화를 소유하고 있습니다. 우리에게 다른 영화는 필요 없습니다. 그러므로 슬립시네마호텔은 영화를 보기 위해 존재하는 호텔이 아니라 영화를 보다 잠들기 위해 존재하는 호텔이다.

그와 유사한 시도를 한 사람은 또 있다. 팔레스타인 출신의 감독 바스마 알샤리프가 2014년에 찍은 영화의 제목은 〈깊은 잠Deep Sleep〉이다. 비메오에 가면 12분짜리 영화 전체를 볼 수 있다. 영화는 그가 했던 렉처 퍼포먼스 〈도플갱어〉의 마지막을 장식하기 위해 만들어진 것이다. 〈도플갱어〉는 가족에 대한 이야기와 팔레스타인 점령, 유토피아에 대한 가능성을 영화와 강연 등을 통해 재귀적으로 보여주는 퍼포먼스로 광주와 샤르자 비엔날레 등에서 진행됐다. 〈깊은 잠Deep Sleep〉은 가자 지구와 아테네, 몰타에서 촬영된 것으로 퍼포먼스 전반에 걸쳐 최면 상태에 빠진 관객들의 기억과 시간에 대한 감각을 조작하기 위한 의도였다, 고 바스마는 인터뷰에서 말했다. 우리는 동시에 두 곳에 존재할 수 있습니다. 그러므로 도플갱어는 나와 똑같이 생긴 다른 존재가 아니라 분열된 나다. 의식-나와 무의식-나.

나는 아피찻뽕과 바스마의 퍼포먼스-시네마는 보지 못했지만 프랑스의 철학자? 과학기술학자? 하이브리드 사상가? 브뤼노 라투르의 퍼포먼스는 봤다. 프랑스의 국립드라마센터인 낭테르 아망디에에서 있었던 퍼포먼스 콘퍼런스〈움직이는 지구Moving Earth〉로 여기서 브뤼노 라투르와 연출가 프레데리크 에이 투와티는 우리가 지구 위에 사는 것(on)이 아니라 지구 안에 또는 지구와 함께(inside) 살고 있는 것임을 말하고자 했다, 고 홈페이지의 설명에서 말한다. 인사이드라는 개념이 흥미로운 것은 우리의 행위와 지구가 연결되어 있다는 사실 때문이며 심지어 그래도 지구는 돈다, 라는 갈릴레오의 개념이 지구를 움직이게 했다, 라고 할 수 없지만 그러한 생각의 전환이 곧 지구를 움직이게 만드는 요소로 작용했기 때문이다, 라고 할 수 있지만 극장에서 있었던 일을 사실 그대로 얘기하자면 나는 1시간 45분의 퍼포먼스 내내 최면에 걸린 듯(함께 간 친구의 말에 의하면 거의 미친 듯이) 잤다.

친구와 나는 파리 19구 근처에 머물고 있었고 라투르의 퍼포먼스를 보기 위해 파리 시내를 가로질러 라데팡스에 도착했다. 낭테르 아망디에는 라데팡스에서 걸어서 15분이면 갈 수 있는 거리에 있었다. 평일 낮 해가 진 뒤의 라데팡스는 장 보드리야르가 『시뮬라시옹』에서 말한 '모델'의 좋은 예 같았다. 한 장소에 있는 단일한 공간이 아니라 여러 장소에 구현될 수 있는 것을 한 장소에 구현한 디자인된 공간이라는 뜻으로, 구성된 것이지만 실제의 것과 같은 방식으로 공간을 점유한다.* 영화나 연극의 세트가 현실로 기능한다는 의미라고 보면 된다. 사람들은 돈을 받고 정해진 시간 동안 연기를 하고 라데팡스를 떠난다. 특정 목적을 위해 무대-광장 위에 조직적으로 계획되고 만들어졌으며 촬영-삶이 끝나면 철거된다. 이건 인생은 연극이다, 라는 식의 비유가 아니다. 도시와 삶이 영화-픽션-시뮬라크르 따위를 제작하는 개념에 따라 실제로 제작되고 있다, 는 것을 의미한다. 그러므로 여기에 은유는 없다. 모든 것은 실제이거나 모든 것은 은유다. 그 사이는 없다.

조용한 라데팡스와 달리 낭테르 아망디에는 사람들로 가득했다. 퍼포먼스가 시작됐고 거대한 스크린 앞에서 또는 안에서 브뤼노 라투르는 SF영화를 방불케 하는 강연을 펼쳤지만 나와 친구가 깨달은 것은 자막이 없다는 사실이었다. 강연은 프랑스어로 진행됐고 나는 임계지대(criticalzone)를 보여주는 광막한 지도의 품 안에서 잠이들었다. 중간중간에 깨긴 했다. 브뤼노 라투르는 우주에 있거나 지구에 있었고 빛의 틈 사이에서 걸어 나오거나 화염 속으로 사라졌다. 퍼포먼

• "디즈니랜드는 '실제의' 나라, '실제의' 미국 전체가 디즈니랜드라는 사실을 감추기 위하여 거기 있다(마치 감옥이 사회 전체가 그 평범한 어디서고 감방이라는 사실을 감추기 위하여 거기 있는 것과 약간은 유사하게)"라고 마셜 매클루언은 말했다. 다시 말하면 라데팡스는 실제의 나라, 실제의 파리 전체가 라데팡스라는 사실을 감추기 위하여 거기 있다 — 다만 감추기 위한 것인지 더 드러내기 위한 것인지 혼란스럽지만 말이다.

스가 끝난 뒤 로비에서 본 그는 생각보다 체구가 컸고 손도 컸고 얼굴도 컸다. 나는 프랑스에서 온 이후 가장 편안한 잠을 잘 수 있게 해줘서 감사하다고 그에게 (마음속으로) 고마움을 표시했다.

바스마 알샤리프는 「화이트 리뷰」와의 인터뷰에서 자신의 작업이 진짜 뭐였는지는 말할 수 없을 것 같다고 말했다. 아마 제대로 된 최면요법 따위는 아니겠지요. 그러나 지금 우리가 영화를 경험하는 방식의 대안은 될 수 있을지도 모릅니다. 최소한 영화를 보는 동안 아주 편안한 기분을 느낄 수 있을지도 모르죠. 아피찻뽕 위라세타쿤은 슬립시네마호텔은 사이의 경험을 위해 존재한다고 말했다. 빛과 어둠, 의식과 무의식, 픽션과 팩트, 일종의 지평선 또는 수평선. 다시 말해 우리의 몸은 탈것입니다. 현실을 감당하지 못할 때 우리는 잠이 듭니다. 그곳에서는 아무도 당신을 통제하지 못합니다. 심지어 당신도 스스로를 통제하지 못합니다. 그러므로 잠은 곧 해방이 될 수 있습니다.

영화는 체력 싸움

어떤 감독들은 누군가가 그들의 영화를 보다 조는 걸 알게 되면 굉장히 짜증을 내죠. 저라면 절대 그러지 않을 겁니다. 잠깐 존다고 해도 여러분이 놓치는 건 아무 것도 없을 거라고 전 장담합니다. 제게 중요한 것은 영화가 끝났을 때 여러분이 어떤 느낌을 받았는가 하는 겁니다. 영화가 끝나고 나서 여러분이 얻게 되는 느긋한 기분, 그게 중요한 거죠. 저는 억지로 영화를 보도록 관객을 강요할 수는 없다고 봅니다. 한 순간도 놓쳐선 안 될 것 같은 영화들도 있죠. 하지만 일단 끝나고 나면, 그 영화는 흔적도 없이 사라지고 체력과 시간을 잃었다는 것만 알게 됩니다. 정말이지 여러분이 이 영화를 보는 동안엔 졸아도 됩니다.

되지 않은 것은 잘된 일

아마도 내가 당신의 아내가

시와 관련해서 내게 가장 큰 영향을 준 두 권의 책은 나데쥬다 만델슈탐의『회상』과 이장욱의『혁명과 모더니즘』이다.『회상』은 스탈린 대숙청 시기에 죽은 오시프 만델슈탐의 아내인 나데쥬다의 회고록이다. 오시프 만델슈탐이 첫 번째 유형을 간 1934년 5월에서 두 번째 유형을 가서 사망한 1938년 5월까지의 시기를 다루고 있는 이 책은 오랫동안 출간되지 못하고 소비에트 지하 세계에서 사미즈다트 형태로 읽혔다. 1970년에야 영미권에서 처음 출판되었고 소비에트에서는 페레스트로이카 이후인 1989년에야 정식으로 출판될 수 있었다.『회상』의 출간 이후 오시프 만델슈탐은 정전의 위치에 올랐으며, 실패한 시대의 정신을 대표하는 시인으로 평가받았다. 아마 내가 그랬듯이 누군가 시인 만델슈탐을 좋아한다면 그것은 나데쥬다 만델슈탐의 글 때문일 가능성이 크다. 이른바 만델슈탐의 '전설'은 그녀가 없었다면 만들어지지 않았을 것이다.

『회상』은 시간이 허락할 때마다 다시 읽고 필사하는 책 중 하나이다. 『회상』에서 그려진 시대는 권력에 의해 시와 예술이 학살당한 시기지만 동시에 가장 강했던 시대이며 마지막으로 빛을 발했던 시대였다. 세계에는 뚜렷한 적이 있었다. 그들은 완력으로 삶을 짓눌렀고 시는 내밀하고 폭발적인 저항의 근거가 됐다. 『회상』에는 시에 대한 사유와 확신, 믿음과 애정, 절망과 희망에 관한 말이 흘러넘친다. 이를테면 니콜라이

부하린이 만델슈탐을 구제하기 위해 스탈린에게 보낸 편지에 나온 구절 같은 것 말이다. "시인들은 언제나 옳습니다. 역사는 그들의 편입니다."

지금 부하린의 구절을 트위터에서 인용하면 비웃음에 찬 리트윗이 수천 개는 반복될 것이다. 당연한 말이지만 시인들이 언제나 옳은 건 아니다. 언제나 옳지 않다, 에 가까운 편이라고 나는 생각하지만(때로는 그래서 우리가 시에 빠지기도 하지만) 나데쥬다의 책에 나오는 언어들을 그 뜻 그대로 받아들일 필요는 없다. 내가 과거에 좋아했던 이 책을 지금도 좋아하는 이유는 그 축자적 의미에 공감하는 게 아니라 그러한 말을 할 수밖에 없었고 그러한 말이 나왔던 세계에 감응하기 때문이다. 거창하고 확신에 찬 말, 우울하고 울분에 찬 말, 자조적이고 냉소적이고 아름답고 비참한 말. 모든 시대는 모든 시대를 꿈꾸게 한다. 이러한 종류의 꿈은 서로 다른 맥락과 선으로 얽혀서 옳고 그름을 구분하기보다 선들의 흔적을 쫓아가는 것에 의미를 둬야 한다.

『회상』의 쉰여덟 번째 챕터 「문서보관소와 목소리」의 첫 문단은 다음과 같다. "예술가에게 세계 감지는 석공의 손에 들린 망치와 마찬가지로 무기이자 도구다. 그리고 유일하게 실제적인 것은 작품 자체다(아크메이즘의 아침)." 만델슈탐의 시와 소설은 약간 소실되기는 했지만 대부분 보존되었다. 이 장은 내가 간직

한 가엾은 작은 조각들 그리고 나를 쓸어 없애려고 했던 파괴적인 힘과 나의 투쟁에 관한 이야기다.

　『혁명과 모더니즘』은 20세기 초 러시아의 시인과 이론가들을 소개하는 책이다. 평론집이라고 할 수 있지만 분석적이기보다 아름답고, 객관적이라기보다 편파적이다. 나는 이 책을 통해 알렉산드르 블로크와 예세닌, 파스테르나크, 야콥슨과 유리 로트만과 시클롭스키와 엡슈테인에 대해 알게 됐다. 편파적이고 한정된 지식이었지만 그걸로 충분했다. 모든 것을 모두 아는 것은 불가능하다. 심지어 아는 것도 불가능한데 안다는 것은 그것을 아는 순간 모른다는 것을 알게 되기 때문이다. 그러므로 가능한 것은 알기 위해 노력하는 것뿐이다. 다음은 러시아의 기호학자 유리 로트만의 용어에 대한 해설이다. 2차 모델화 체계라는 용어는, 하나의 텍스트가, 실재하는 세계의 직접적 반영이 아니라 조건성과 독자적 구조의 개입에 의해 간접화된 체계라는 의미를 지닌다. 이것은 그를 손쉽게 비판하는 사람들이 말하는 것처럼 텍스트로부터 실재하는 현실을 떼어놓으려는 시도라고는 말할 수 없다. '모델화'라는 표현 자체가 이미 실재 세계와의 관계를 적극적으로 환기하고 있기도 하지만, 로트만이 이를 통해 강조하려는 것은 하나의 텍스트가 독자적 기호 우주를 이루면서 무한한 세계를 수용한다는 것이기 때문이다.

여기에 정보이론이 개입한다.

엉뚱한 얘기지만, 물리적 세계와 인간 세계는 무한하다. 세계의 인구수에는 한계가 있지만, 그 인구들이 서로 관련되면서 발생시키는 의미는 무한하다. 실재하는 세계는 일정한 수의 의미들로 제한될 수 없으며, 대표적인 표본으로 대신할 수도 없다. 인간은 근본적으로 무한성을 상상하지 못하기 때문에, 무한성을 유한성으로 대체하여 생각하지 않으면 안 된다. 이 지점에서 실재 세계의 무한성을 유한한 무한, 혹은 무한한 유한으로 바꾸는 것이 바로 2차 모델화 체계다. 2차 모델화 체계는 하나의 독자적 기호 우주가 됨으로써 실재하는 우주의 '모델'이 된다.

아름다움과 분석적인 것은 반대 항이 아니다. 객관적인 것과 편파적인 것 역시 반대가 아니다. 『혁명과 모더니즘』의 언어가 좋은 이유는 이장욱이 책에서 다룬 여러 시인과 이론가들이 그랬던 것처럼 서로 다른 것이라고 생각되는 것들의 길항작용을 놓치지 않고 끌고 가기 때문이다. 이 과정에서 이론과 시인들에 대한 왜곡이나 과장, 생략이 이루어진다. 그러나 좋은 글에서는 이런 허물들이 별문제가 되지 않는다. 좋은 글은 자신의 허물을 인정하기 때문이다. 좋은 글은 허물을 드러내고 가끔은 힘겹게 세워놓은 분석과 논리가 무너지기도 한다. 말들이 얼마나 함부로 쓰이는지, 말을 하기 위해서 배제와 적대가 가치처럼 쓰인다는 사실을 인식해야 한다. 그 속에서 발생하는 결여가 글을 더 좋은 것으로 만든다.

『혁명과 모더니즘』에는 오시프 만델슈탐이 속해 있던 사조인 아크메이즘에 관한 이야기도 나온다(이장욱은 만델슈탐의 시집 『아무것도 말할 필요가 없다』의 추천사를 쓰기도 했다). 그러나 『혁명과 모더니즘』에서 그가 다루는 시인은 만델슈탐이 아니라 안나 아흐마토바다. 안나 아흐마토바는 오시프와 나데쥬다의 가장 가까운 동료였고 그 자신도 혁명기에 남편인 시인 구밀료프를 잃었으며 대숙청 때 아들을 유형 보낸 희생자였다. 이장욱이 소개하는 그녀의 시는 개인적이며 사적이고 일상적이다.

> 그는 세상에서 세 가지를 좋아했지.
> 저녁의 찬송, 흰 공작들,
> 그리고 낡은 미국 지도.
> 좋아하지 않았던 것은
> 아이가 우는 것, 딸기를 넣은 차,
> 그리고 여자의 히스테리.
> ……그런데 나는 그의 아내였었네.
>
> -「그는 좋아했지……」 전문

책은 안나 아흐마토바의 시가 가진 가치를 다른 시인들과의 대비를 통해 설명한다. 낭만주의와 달리 실존하는 개인에 관심을 기울였고 상징주의처럼 관념에 치우치지 않았으며 아방가르드처럼 미학적 파괴에 치중하지도 않았다. 심지어 동료였던 만델슈탐과 같은 다른 아크메이스트들처럼 명료함이나 견고함, 고전적 단순성에 기울지 않았다. 그녀의 언어는 다분히 일상적이기 때문에 오히려 모호해지는 쪽에 가까웠다.

『회상』에는 만델슈탐이 작가연맹 대회에서 안나 아흐마토바와 아크메이즘에 대해 비판을 강요받은 일화가 나온다. 1935년 2월 보로네슈에서 있었던 일이다. 사람들은 유형에 처한 만델슈탐이 자신의 과거를 비판하리라 생각했지만 그는 이렇게 말했다. "나는 산 자와도 죽은 자와도 인연을 끊지 않소." (아흐마토바의 남편인 구밀료프는 이미 한참 전에 죽은 상태였다.) 그보다 2년 전 레닌그라드 출판의 집에서도 동일한 비판을 요구받았지만 만델슈탐은 유사한 답변을 했다. "나는 내 벗들의 벗, 내 전우들의 전우, 아흐마토바의 동시대인이었으며 지금도 그러하고 앞으로도 그럴 것이오."

오시프와 나데쥬다가 보로네슈에서 유형을 마치고 모스크바로 돌아온 바로 그날도 두 사람의 첫 번째 손님은 아흐마토바였다. 그들은 어린 시절 친해진 사이답게 둘만이 알 수 있는 사적인 농담과 암호, 시의 잔재들을 주고받으며 깔깔거리고 웃었다. 오랜만에 만나서 한 일도 유형 시기 동안 썼던 시를 서로에게 낭송해주는 것이었다. 자신이 쓴 모든 시를 상대방에게 읽어주는 것이 그들의 관례였다. 나데쥬다는 첫 번째 유형과 두 번째 유형 사이의 이 짧은 시기—만델슈탐이 죽기 전 마지막 평화—를 환상에 사로잡힌 채 아무것도 두려워하지 않았던 때로 기억한다. 우리는 무엇으로도 설명할 수 없는 평안한 상태에 있었고 왜 그런지 우리 삶이 견고하다고 믿었다. 이상하게 들릴지 몰라도 사실이었다.

가장 즐거웠던 기억은 역시 만델슈탐의 집에서 모였던 저녁의 일이다. 문학연구가인 하르드지예프가 와인을 사 오기로 했는데 아무리 시간이 지나도 오지 않았다고 한다. 아흐마토바는 하염없이 그를 기다리다가 다시 집으로 돌아갔다. 전차를 탈 수 없어 집까지 걸어갔는데, 그녀가 집에 도착하자마자 전화가 왔다. "하르드지예프가 도착했소. 돌아와요." 그녀는 그 즉시 다시 길을 나섰고 눈발을 헤치고 걸어 만델슈탐의 집으로 돌아왔다.

사소한 일화지만 나는 이것이 매우 절대적이고 드문 일이라고 생각한다. 아흐마토바도 그 사실을 알았을 것이다. 밤늦은 시간, 피곤함과 귀찮음에도 불구하고 조금의 거리낌 없이 친구를 만나러 가는 일은 삶에서 다시 반복되지 않을 것이다. 영웅적인 결단보다 사소한 일을 실행하고 만끽하는 일이 더 힘들며 지금 이

순간이 지나가버리면 다시 찾을 수 없는 순간이라는
사실을 그녀는 알고 있었다. 이것이 그녀가 시에서 구
제하려고 했던 일상이었다.

징크스

우리는 징크스가 있었는데 시에 쓰였던 물건들은 반드시 없어진다는 것이었다. 만델슈탐은 「장로」에서 언급했던 하얀 지팡이를 정말 어이없이 잃어버렸다. 내가 그렇게도 애써 얻어냈던 모스크바의 아파트 역시 만델슈탐이 시에서 언급하는 바람에 잃어버렸고, 꾀꼬리는 고양이에게 먹혀버렸고, 그 고양이마저 나중에 사라져버렸다. 그나마 다행스러운 것은 내가 눈이 멀지 않았다는 것이다. 나는 그걸 항상 두려워했는데, 스탈린 시대의 한 지혜로운 화가가 나를 위로해주었다.

"우리는 눈이 멀기 전에 죽게 될 거예요."

브로드스키의 삼중 생활

작가가 되는 과정은(또는 되지 않는 과정은) 아주 단순하게는 3막 구조를 가진다. ⑴환상에 빠지고 ⑵환상이 깨지고 ⑶환상을 만든다. 물론 3번에 이르는 사람은 거의 없다. 대부분의 사람은 환상이 깨지면 떠나거나 어쩔 수 없이 지지부진 계속한다. 환상을 만들기 위해서는 일종의 기적이 필요하다. 나 자신이 환상이 되거나 세계가 환상적이 되거나. 이건 노력으로 가능한 일이 아니다. 갑자기 번개처럼 머리 위로 떨어져야 하는 일인 것이다.

　이오시프 브로드스키에게는 환상이 번개처럼 머리 위로 떨어졌다. 그러나 그가 벼락을 맞은 것을 설명하기 전에 그에 대해서, 그리고 나에 대해서 조금은 이야기해야 할 것 같다.

　브로드스키는 『혁명과 모더니즘』에서 처음 알게 됐다. 스탈린 사후 소비에트 문학에서 산문에 솔제니친이 있다면 운문에 이오시프 브로드스키가 있다고 할 정도로 유명한 반체제 문학의 거물이자 노벨문학상 수상자였지만 금시초문이었다. 한국에 번역된 그의 책은 80년대에 나온 몇 권의 책이 다였고 대부분 절판된 상태였다. 사람들이 자주 인용하거나 암송하는 시인도 아니었고 자주 거론되지도 않았다. 내가 과문한 탓이었을지도 모른다. 어쩌면 이름을 보고도 그냥 넘어갔을지도 모른다. 이오시프는 조지프나 요셉으로 표기

되기도 하고 브론뜨끼 같은 말도 안 되는 식의, 하지만 귀여운 표기로 쓰이기도 했으니 말이다(여담이지만 오시프 만젤슈탐은 오십 만젤스탐, 오시쁘 만젤쉬땀으로 쓰이기도 한다…… 검색 난항……).

그에 대해 알고 난 뒤 내 소설에 브로드스키를 세계적인 스타로 만들어준 일화를 인용했다.『창백한 말』이라는 단편소설로 2010년대 모스크바에 당도한 어느 불우한 문청의 고뇌와 번민, 징징거림을 담은 작품이다. 소설의 주된 모티프와 줄거리는 보리스 사빈코프라는 20세기 초반의 멘셰비키이자 테러리스트, 소설가에게서 따왔지만 그 외에도 다양한 인물들이 작품 안에 등장한다. 빅토르 세르주, 체호프, 로드첸코, 발터 벤야민……. 그중 가장 매력적인 인물이 브로드스키였다.

벨벳 바지를 입은 사회부적응자, 아무 일 없이 노닥거리며 시나 읊고 다니는 1964년 모스크바의 한량 브로드스키는 모종의 이유로 기관에 잡혀 재판을 받게 된다. (정말 모종의 이유다. 당시 기관에서 일하던 사람들은 다음과 같은 경구를 만들었다. "아무나 데려와보시오. 우리가 그를 죄인으로 만들어줄 테니.") 국가에 의해 기소된 그의 죄명은 사회에 도움이 되지 않는 기생충이었다. "코듀로이 바지를 입은 한심한 유대인 작자, 횡설수설이 포르노그래피를 넘나드는 삼류 시인"(검찰의 기소문을 그대로 인용한 것이다)인 브로드스키에게 판사는 묻는다.

피고는 누구의 허락을 받고 시인으로 활동하는가?

없다. 나를 인간으로 허락해준 이가 없는 것과 마찬가지다.

브로드스키는 북극의 아르한겔스크에 있는 강제노동수용소로 보내지고 1972년에는 결국 추방당한다. 그 덕인지 아닌지 모르겠지만 아무튼 그는 서구에서 반체제의 수호성인이 되었고 미국 문단에서 스타로 대접받는다. 수전 손택과 긴즈버그 등의 환대를 받으며 뉴욕 지성계에 입문했고 1987년 노벨문학상을 수상했다.

브로드스키의 일화와 시를 인용한 덕인지 아닌지는 알 수 없지만 『창백한 말』도 2016년 문지문학상을 수상했다. 노벨문학상과는 한참 거리가 있지만 상금이 1000만 원이기도 하고 수상작품집이 출간되기도 했다. 내가 즐겨 인용하는 알라딘 100자평에는 다음과 같은 평이 달렸다. "시간이 아까웠다."(별 하나) 문지문학상은 2년 정도 더 유지됐지만 2018년을 마지막으로 지구에서 사라졌다. 그게 내 탓은 아닐 것이다…….

『혁명과 모더니즘』에 그려진 브로드스키는 개인주의적 시적 정신의 현현이었다. 그는 반체제 작가로 분류되지만 일반적인 반체제 작가와는 달랐다. 그는 그것보다 더 고귀한 종류의 작가였고 세속의 난리법석을 초월한 작가였다. 아래 브로드스키의 시를 인용한다.

최근에 나는
환한 낮에 잔다.
아마도 나의 죽음이
나를 체험하는 것 같다.

거울을 입술에 대고
숨을 쉬어본다,
마치 내가
한낮의 비존재를 견디는 듯.

나는 움직이지 않는다. 두 허벅지가
얼음처럼 차다.
푸른 혈관이
대리석처럼 도드라진다.

-「정물화」 6절 전문

이런 시를 읽고 나면 시인에 대한 환상이 생기지 않을 수가 없다. 『혁명과 모더니즘』에서 이오시프 브로드스키를 소개하는 챕터 제목은 〈생각하는 사물들〉이다.

그러나 이런 인상(또는 환상)은 엠마뉘엘 카레르가 쓴 논픽션 『리모노프』에서는 역전된다. 리모노프는 역시 반체제 작가이자 테러리스트인 에두아르드 리모노프의 삶을 추적한 소설-전기다. 그는 생의 전반에 걸쳐 이상함을 폭발시키는 인물인데, 그에 대한 세세한 내용은 제쳐두고 보더라도 여러 면에서 아이러니가 도드라진다. 리모노프는 보리스 사빈코프에 비해 두 세대 뒤고 솔제니친보다는 한 세대 뒤며 브로드스키보다는 조금 아래 나이인데 같은 반체제 작가라고 하기에는 선배들과 너무 다르다. 흔히 반체제라고 하면 비판적이고 합리적인 좌파, 개인과 인간, 인권을 수호하는 자유의 투사를 떠올린다. 범박하게 얘기하면 리모노프는 정확히 그 반대다. 그는 사람 알기를 우습게 알며 인권은 나약해빠진 방구석 안경쟁이들이나 놀고먹는 펜트하우스의 부자들이 써먹는 교양 토크의 양념이라고 생각한다. 극단적인 시각이긴 하지만 완전히 틀린 소리는 아니다. 게다가 리모노프 자신 역시 도덕적 올바름에 대한 증오나 선배 작가들에 대한 박한 평가가 과장이라는 사실을 어느 정도 안다. 그가 이런 시선을 견지하게 된 건 윗세대의 위선을 알기 때문이다.

리모노프와 브로드스키는 1970년대의 뉴욕에서 만난다. 비트 세대와 앤디 워홀이 한바탕 휩쓸고 간 뉴욕 사교계는 이제 해외에서 수입되는 예술가들에게 눈독을 들이고 있었다. 그들의 이그조틱하고 명상적이며 독특한 예술 세계와 미국인들은 상상할 수도 없는 거칠고 우여곡절 가득한 삶. 리모노프가 뉴욕에 당도하기 전 이미 솔제니친과 루돌프 누레예프가 스타가 됐

고 브로드스키 역시 뉴욕 사교계의 총아가 되어 있었
다. 그러므로 브로드스키의 개인적이고 초연한 태도는
리모노프의 눈에는 그런 태도를 휘장 삼아 제1세계의
부자들에게 꼬리를 흔드는 위선에 지나지 않았다.

또한 검찰의 기소장에는 브로드스키가 잔뜩 멋을
부린 한량 시인으로 그려지지만 리모노프의 눈에는 정
반대였다. 그는 브로드스키를 일부러 소탈한 척 헝클
어진 머리에 구멍이 숭숭 뚫린 스웨터를 입고, 뭔가 우
울에 찬 아우라를 풍기며 파티장 한편에 조용히 앉아
있다가(그럴 거면 파티는 왜 왔는지?) 사람들이 자신의
주위로 웅성웅성 모여들면 의미 있는 경구 몇 마디를
툭 던지고 홀연히 사라져버리는 인물로 그린다. 한마
디로 브로드스키의 아우라는 모두 연출된 것에 불과하
다는 것이다.

어느 쪽 의견이 사실인지는 중요하지 않다. 아마
둘 모두 사실 아닐까. 전혀 놀지 않는 사람 눈에는 브
로드스키가 노는 사람처럼 보였을 것이고 막 나가는
사람 눈에는 점잔 빼는 샌님으로 보였을 것이다. 하지
만 이 둘의 관점 모두에서 어긋난 위치에서야 비로소
브로드스키의 초연한 자세(또는 그런 척하는 자세)가 가
진 진짜 의의가 부상한다. 이른바 브로드스키는 반시
대적이거나 반체제적인 것이 아니라 비시대적이거나
비체제적이었다는 사실이다. 그는 리모노프처럼 나를
몰라보는 자들은 다 불태워버릴 것이다, 라고 하는 사

람이 아니라 니가 나를 몰라도 상관없다, 나는 높이 올라가고 싶지도 아래로 내려가고 싶지도 않다, 나는 그저 존재하고 싶을 뿐이다, 라는 식의 생각을 가진 인물이었다.

후기 소비에트 사회의 삶을 다룬 알렉세이 유르착의 연구서 『모든 것은 영원했다, 사라지기 전까지는』에서는 이런 브로드스키의 삶을 '브녜에서 살기'라고 설명한다. 브녜는 '바깥'이라는 의미이지만 단순한 외부가 아닌 내부 속의 외부라는 이중적 겹침이 존재하는 공간이다. 체호프를 잇는 단편소설의 대가로 불리는 세르게이 도블라토프는 브로드스키에 대해 다음과 같이 말한다.

브로드스키 주변의 젊은 비순응주의자들은 마치 다른 직업을 가진 사람들처럼 보였다. 브로드스키는 전례 없는 행위의 모델을 창조했다. 그는 프롤레타리아 국가가 아니라 자기 영혼의 수도원에서 살았다. 그는 체제와 싸우지 않았다. 그는 그저 체제를 인지하지 않았을 뿐이다. 그는 정말로 그것의 존재를 제대로 몰랐다. 소비에트 삶의 영역 내에서 그의 지식 부족은 꾸며낸 것처럼 보일 수도 있었다. 예를 들어 그는 제르진스키가 아직 살아 있다고 확신했다. 그리고 코민테른이 음악 그룹 이름이라고 믿었다. 그는 중앙위원회 정치국 구성원을 알아보지 못했다.

브로드스키의 방식은 사람들 사이로 점점 퍼져나
갔다. 다시 말해 (1)사회의 전형적인 롤모델을 따르지도
않고 (2)사회를 비판하거나 저항하지도 않으며 (3)자신
만의 시공에 존재하기. 시인 크리불린은 자신들의 삶을
다음과 같이 요약했다. "우리는 재밌게 살았다."

여기서 정치적 냉소주의를 발견하는 것은 쉬운 일
이지만 바른 일은 아닐 것이다. 어쩌면 정치나 사회의
변화는 의식적인 저항이나 비판보다 이런 태도에서 오
는지도 모른다. 비판자들은 대체로 권력지향적이며(현
실을 고치기 위해선 힘이 필요하므로) 그 대가로 차기 정
권을 넘겨받는다. 실제로 그런 일이 벌어지면 비판자
와 동조자들은 (나라 또는 체제를 유지하기 위한) 크게 다
를 바 없는 정책을 이어나간다(한국과 미국의 좌파와 우
파처럼). 반면 브로드스키식의 사보타주는 그 정체와
목적을 알 수 없기에 대응할 수 없다. 이런 식의 행위
모델을 알렉세이 유르착은 담론장을 지지하거나 반대
하는 대신에, 그것을 내부로부터 탈영토화시키는 또
다른 전략이라고 말한다. 대응할 수 없는 종류의 일탈
이 주류가 될 때에야 비로소 근원적인 변화가 시작되
는 것이다.

코듀로이 바지를 입은 구름

얼마 전에 연극 치료의 대상이 됐다. 연극 치료를 공부하는 친구 덕인데(탓인지) 그 과정과 결과가 자못 흥미로웠다. 연극 치료는 예술 치료의 하나로, 미술 치료나 음악 치료처럼 연극의 요소들을 활용해 사람들의 심리나 마음을 들여다보고 치유하는 데 목적을 두고 있다. 오스트리아의 정신과 의사 모레노가 사드에게 영향받은 사이코드라마를 치료의 목적으로 처음 정립했고 연극 치료는 그것을 더욱 심화시킨 것인데 여기서 그 역사와 철학들을 다 얘기할 순 없을 것 같다. 한 번씩은 봤을지도 모르겠다. 일반 사람들이 즉흥 연기를 하며 자신의 트라우마를 드러내고 눈물을 쏟는 장면을(그러나 이것은 너무나 범박하게 퍼진 이미지에 불과한 것이다).

내가 참여한 연극 치료 기법의 이름은 감정조각상이다. 감정조각상은 인간의 감정 중 기본이 되는 여덟 가지 감정을 조각상의 형태로 표현하고 거기에 따라 심리를 분석하는 것이다. 여덟 가지 감정은 다음과 같다.

1. 기쁨
2. 슬픔
3. 혐오
4. 용기
5. 경외

6. 사랑

7. 공포

8. 수치

　나는 큰 어려움이 없이 대부분의 감정을 조각상 형태로 표현해냈다. 기쁨은 팔을 활짝 펼쳤고 용기에선 주먹을 꽉 쥐었으며 사랑일 때는 누군가를 포옹하는 자세를 취했다. 친구는 동작이 왜 이렇게 크고 웃기냐며 깔깔 웃었다. 그 덕에 나는 수치도 잘 표현했다……. 내가 곤경에 처한 것은 경외를 표현할 때였다. 경외? 그걸 어떻게 조각의 형태로 표현하지? 친구는 경외하는 인물을 떠올려보라고 말했다. 그리고 동작을 취하면 돼. 아무리 생각해도 경외하는 사람 같은 건 없었다.

　존경하는 사람 없어?

　없는데.

　아니면 다른 무언가라도 생각해봐. 자연도 괜찮고. 이를테면 그랜드캐니언, 아이슬란드, 블랙홀, 고다르? 나는 고개를 저었다. 고다르가 자신의 수상 소감 대신 만든 비디오에서 성대모사를 하며 바닥을 구르는 장면을 봤어야 돼…… 나는 결국 경외를 적절히 표현하지 못하고 가만히 서 있었다.

　친구는 걱정했다. 여덟 가지 감정은 인간의 기본적인 감정이라서 이 중 하나만 없어도 문제가 있어…….

　넌 감정이 메마른 사람일지도 몰라!

114

내가 소시오패스라도 된다는 거야?

아무것도 존경하지 않는다는 거니까 얼마나 거만하고 오만하겠어. 소시오패스랑 다를 게 뭐야!

친구가 말했고 나는 곰곰이 생각했다. 그래, 어쩐지 내게 그런 면이 있는 것도 같았어…… 어릴 때 키우던 병아리가 죽었는데도 슬프지 않았어…… 어쩌지…….

다행히 나와 친구의 걱정은 쓸데없는 것으로 판명났다. 친구의 멘토인 연극치료사에 의하면 경외의 감정이 없는 것은 오만함이나 거만함보다는 공허함과 가깝다. 그것은 내가 세상에서 제일 잘났다는 감정이 아니라 세계에 의미를 둘 가치 있는 것이 더 이상 존재하지 않는다는 상태에 가까웠다. 연극치료사의 감정 결과를 들은 나는 과장을 조금 보태 식은땀이 났다. 맞아, 정확히 내가 그런 상태야. 이렇게 간단한 방법으로 심리를 파악할 수 있다니 놀라웠다. 3막 구조에서 말하면 나는 2막과 3막의 사이에 있는 거라고 할 수 있을 것이다.

1. 브로드스키(환상): 자유의 투사로서의 시인
2. 브로드스키(환상 파괴): 자유의 투사로서의 시인으로 자신을 위장하는 시인
3. 브로드스키(새로운 환상): 코듀로이 바지를 입은 시인?

115

그러므로 내게 가장 필요한 것은 3막을 만드는 것, 이 책의 시작에서 말한 영화와 시에 관한 지금까지의 모든 것에서 벗어나서(또는 그것을 포함해서) 다시 영화와 시를 좋아하는 것, 다시 건강하게 경외하는 방법을 찾는 것이다. 이대로는 소시오패스가 될지도 모른다! 다행히 나는 코듀로이 바지를 좋아한다. 코듀로이 재킷도…….

무의미의 제국

이제 나는 어디에서 창조성의 관념 혹은 이데올로기가 시작되었는지 궁금하다. 셰익스피어와 그 동료들은 분명히 서로의 글을 훔치고 베꼈다. 그들 이전에 그리스인들은 새로운 이야기를 만들어내는 데 조금도 괘의치 않았다. 나는 창조성이라는 이데올로기가 부르주아지가 화려하게 떠오르면서 자본주의적 도서 시장을 만들었을 때 시작되지 않았나 생각한다. 오늘날 작가는 저작권, 즉 말에 대한 소유권을 팔아서 생계를 유지해나간다. 우리 작가들은 돈을 벌어야 하기 때문에 모두 이 같은 사기를 한다. 그러나 대개가 이것이 사기라는 사실을 인정하지 않는다. 아무도 진정 아무것도 소유하지 않는다.

복
제

예
찬

내 영화 인생에서(그런 게 있다면) 가장 중요한 것은 복제다. 아마 복제가 없었다면 지금의 내가 본 영화의 반의반의 반도 보지 못했을 것이다. 불법 다운로드에 관한 법령의 공소시효가 10년이 넘는다면 아마 이 글을 읽은 검사에 의해 쇠고랑을 차게 될 것이다(사실 업로드와 달리 다운로드에는 법규가 적용되지 않는 것으로 알고 있는데 구체적인 문의는 변호사에게……).

이 문제는 여러 면에서 복잡하다. 책 전체를 쏟아부어도 결론이 나지 않을 것이다. 그러니 짧게 하자. 앞에서 얘기했듯 짧은 것은 미덕이다. 그러나 긴 것도…….

포르투갈의 영화감독 페드로 코스타는 자신의 영화를 불법 복제한 파일로 보는 것을 아무렇지도 않게 생각한다. 유운성 평론가에게 들은 이야기로 페드로 코스타는 남한의 시네필들이(또는 아무 관객이) 복제 파일로 자신의 영화를 보는 것을 기쁘게 생각했다. 영화를 볼 수 있는 장소라면 어디라도 좋습니다. 어차피 저에게 관객 수익 따위는 없으니까요(페드로 코스타가 리터럴리 이렇게 말한 건 아니다).

이 일화만 봐도 그가 거장이라는 사실을 알 수 있다. 거장은 복제 따위에 연연하지 않는다. 나 역시 소설을 공부하는 사람들이 내 소설을 파일화 해서 네이버 카페 등에서 공유하는 걸 봤다. 나는 조금도 연연하지 않았다. 어차피 인세 따위는 없으므로…….

2015년, '태름아버지의 밤'이라는 행사를 지금은 사라진 시청각이라는 대안 미술 공간에서 진행했다. 행사의 내용이나 얼개는 거의 기억나지 않는다. 나는 당시 등단한 지 얼마 되지 않은 소설가였고 사람들 앞에 서는 걸 극도로 싫어했으며 경험도 전무하고 준비도 되지 않은 상태였다. 그런데 왜 행사를 했냐고 묻는다면 정말 할 말이 없다. 가끔 어떤 일들은 그냥 그렇게 흘러간다. 강요나 일말의 기대, 게으름과 귀찮음 등등의 혼합 재료에 시간을 끼얹으면 그런 일이 생기는 것이다.

　　구상 자체는 나쁠 게 없었다. 그때나 지금이나 나는 나의 영화 경험이라는 것에 대해 생각하고 있었고 영화라고 하는 매체가 새롭게 구성되고 있다는 생각을 했다. 지방 도시의 단관 극장에서 영화를 보며 자랐고—중1 때 대구 한일극장에서 〈미션임파서블 1〉을 보며 처음 돌비 서라운드를 체험했다—비디오 대여점에서 〈타이타닉〉 상, 하를 빌려봤고(졸작이라고 생각했다) 고등학교 때는 친구들이 구워준 CD로 〈에반게리온〉을 봤다. 대학에 들어가서 토렌트나 위디스크에서 영화를 다운받았다. 서울로 온 뒤 시네마테크를 열심히 드나들었지만 웹이 없었다면 내가 할 하틀리나 뤼시앙 핀틸리, 예지 스콜리모프스키, 피터 그리너웨이, 요아킴 트리에, 호세 파딜라, 미카엘 R.로스컴 같은 감독의 영화를 봤을까? 그렇게 많은 영화를 그렇게 엉망진창으로 그렇게 여러 번 볼 일은 없었을 것이다. 당시는 데이터베이스는 있었지만 아카이브는 없었다고 말할 수 있는 아주 짧은 시기였는지도 모른다. 저장 수단은 생겼지만 체계화나 정리는 되지 않은, 스트리밍 사이트나 특정 플랫폼에서 콘텐츠를 관리하는 게 아니라, 방만한 구역 속에서 개인 업로더들이 마구잡이로 영화를 공유하던 시기. 이 시기를 윤리적으로나 미학적으로 옹호하거나 비판하려는 게 아니라 영화가 기반하고 있는 물질적 조건이 그처럼 빠른 속도로 변해왔고 특히 파일과 인터넷 이후 그 변화는 더 급진화한 것처럼 보인다는 뜻이다. 비평적이거나 미학적인 이론을 정립하는 건 어렵지만 최소한 거기에 대해 적극적으로 사유해볼 수는 있지 않을까. 내러티브나 상징을 분석하는 것 말고 영화에 다가가는 다른 접근 말이다. 그래서 나온 것이 '태름아버지의 밤'이었다.

태름아버지는 씨네스트라는 사이트에서 활동하는 전설적인 자막 제작자이다. 어둠의 경로로 영화를 본 사람은 누구나 한 번쯤 이 이름을 접했을 것이다. 태름아버지는 할리우드 영화보다 소위 아트하우스 영화라고 불리는 유럽 영화들의 자막을 제작했고 시네필들에게 이름이 알려졌다. 그가 번역한 영화만 찾아도 하나의 영화제를 이룰 수 있을 거라고 말하는 사람도 있다. 그러니 '태름아버지의 밤'은 암흑계의 이미도에게 바치는 일종의 작은 영화제였다고 할 수 있다.

태름아버지 말고도 macine라는 전설적인 자막 제작자가 또 있다. 태름아버지 뒤를 이어 등장한 제작자답게 그의 영화는 조금 더 비주류적이다. 태름아버지의 옹호자와 macine의 옹호자가 댓글에서 격돌한 적도 있다. 진정한 자막의 신은……! 태름아버지와 macine가 현피를 뜬다는 소문이 돌기도 했다. 물론 근거 없는 낭설이다.

이 사람들은 스스로의 몸을 바쳐, 아마 퇴근 후 남는 시간을 쪼개 열성적으로 영화 자막 제작에 힘쓴 성인군자들이다. 다만 이들이 엮여 있는, 그리고 내가 영화를 본 세계가 불법으로 규정된 곳이었고 우리 모두 어느 정도는 범죄에 가담하고 있다는 사실 때문인지 공식 언론에서는 이들을 제대로 다루지 않았다.*

그러나 어느 장르가 됐건 이러한 종류의 불법과 연관되지 않은 사람이 있을까. 다 그랬으니 퉁 치고 넘어가자는 의미에서 하는 말이 아니라, 복제가 우리 삶에서 얼마나 근본적인 역할을 하고 있는지에 대해서 생각해보자는 말이다. 동시에 금지옥엽처럼 말해지는 저작권이 정말 어디서 어떻게 소중하게 다뤄지고 있는지도 생각해볼 수 있다. 실제 저작권이 문제가 되는 건

---

* 인터넷에서 찾아본 바로는 태름아버지의 본명은 오철용이다. 그는 정신과 의사로 나이는 오십대로 추정되며 현재 활동이 뜸해진 이유는 타자 칠 때 어깨가 아파서라고 한다…… 이 책의 일부를 그에게 바친다…….

126

작가와 작가 사이가 아니라 작가와 영화사 또는 출판사의 관계에서다. 카피라이트의 기원은 특정 출판업자에게 배타적인 권리를 주기 위한 것이었다. 1557년 런던의 인쇄업자 길드인 '인쇄출판업자조합'에게 배타적인 인쇄 독점권이 부여되었는데 이는 왕에게 책의 출판이나 금지에 대한 통제를 줬기 때문에 부여된 것이다. 그러므로 첫 번째 카피라이트는 지식을 통제하고 반대 의견을 검열하기 위한 전제군주제의 이데올로기적 필요로부터 생겨난 출판업자의 권리였다. 이후 최초의 저작권법이라고 할 수 있는 '앤 여왕법'이 1709년에 제정되는데 이것 역시 저자의 저작권이라기보다 인쇄출판업자조합의 독점을 깨뜨리기 위해 만들어진 것이다. 저자는 지식재산권의 시작부터 착취의 대상에 가까웠다.

하지만 역사는 이쯤 해두자. 텔레코뮤니스트나 카피레프트를 주장하는 사람들, 아니면 고다르처럼 저작권의 무의미함을 말하는 사람들에게 관심 있는 분들은 내용을 더 찾아보면 된다. 진짜 문제는 '태름아버지의 밤'에서 내가 할 말이 없었다는 사실이다. 그가 자막을 만들었고 덕분에 나는 저작권법에서 벗어나 영화를 볼 수 있었다. 그리고……? 영화의 현재가 어떻고 미래가 어떻게 될 것이고 하는 이야기를 힘줘서 하고 싶은 마음이 조금도 없음을 나는 그때 깨달았다. 지인들을 만나서 여러 문제에 대해 수다를 떨곤 했지만 이런 것들을 각 잡고 말하는 것에 아무런 의미도 둘 수 없음을 말이다. 결과적으로 행사는 지지부진했고 나는 데이비드 린치의 〈인랜드 엠파이어〉를 부분 상영하고 아무 말이나 하는 걸로 시간을 때웠다(늘 그렇지만). 행사에 온 사람들은 마음의 상처나 분노, 증오를 안고 돌아갔다. 지금 이 자리를 빌려 그분들에게 심심한 사과의 말을 전한다…….

다행인 건 인류 역사 이래 끊임없이 존재해온 복붙이 지금 내게는 좀 더 편리한 도구와 함께 존재한다는 사실이다. 블로그에서의 영화 비평으로 중요한 위치에 오른 (긍정적인 의미에서) 아마추어 평론가 기리쉬 샴부는《필름 쿼털리》에 '새로운 시네필리아를 위하여 For a New Cinephilia'라는 글을 썼다. 한국의 영화평론가 한창욱은 블로그에 이 글의 전문을 번역해서 올렸다. 나는 다시 그 글의 전문을 아래 복붙했다(원문은 https://blog.naver.com/stainboy81/221583217496).

1 이전 시네필리아들은 지난 75년 동안 영화 문화를 지배해왔다. 그들은 제2차 세계대전 전후 프랑스에서 발흥하여 작가를 숭배하고 미장센을 예찬하였다. 수년 동안 그들의 이야기는 서구 유럽 영화 문화에 심대한 족적을 남기며 영화 사랑이란 서사의 헤게모니를 거머쥐었다. 그것은 마술이었다. 어느 한 지역이 슬금

슬금 세계 보편이 된 것이다.

새로운 시네필리아는 이전 시네필리아의 기원을 두 가지 방식으로 인식한다. 첫째, 이전 시네필리아는 그저 세계의 무수히 많은 영화 사랑 서사의 하나일 뿐이다. 둘째, 주로 그 서사는 대체로 하나의 소수 그룹인 헤테로 백인 남성들에 의해 쓰였다. 이에 대응하여, 새로운 시네필리아는 주체성과 목소리의 다양성이 증대되기를 바라며, 시네필적 삶과 경험에 관한 무수히 많은 서사가 증식하길 바란다. 새로운 시네필리아는 인터넷에서의 삶과 현실에서의 삶을 모두 누리고, 시네필리아라는 자의식이 강하다. 새로운 시네필리아는 영화 애호가로의 사회적 위치성—주체적 위치성—을 전경화한다. 그러므로, 나는 이렇게 덧붙여야만 한다. 미국에 거주하는 남아시아 출신 헤테로 남성 시네필로서, 나는 지금 이 글을 쓴다.

2 이전 시네필리아들은 대체로 미학으로부터 큰 즐거움을 얻었다. 새로운 시네필리아에게 [영화를 보는] 즐거움이란 좀 더 넓게 규정된다. 영화의 미학적 경험을 존중하면서도 영화에 더 많은 것을 요청한다. 새로운 시네필리아는 세계에 관한 깊은 관심으로부터 즐거움을 느끼기도 하고, 세계에 비판적으로 참여하면서 즐거움을 느끼기도 한다. 영화는 새롭고 강력한 방

식으로 인간의 세계와 비인간의 세계에 관한 가르침을 전한다. 전통적 시네필적 즐거움은 사적이며, 개인적이면서 내적이다. 이는 로라 멀비가 자신의 대표적 선언을 통해 파괴하고자 했던 것이기도 하다. 새로운 시네필리아는 탐구 정신과 사회적/지구적 변화에 대한 의지에 힘입어 외부를 향해 나아간다. 새로운 시네필리아—여성, 퀴어, 토착민, 유색인종—에게 존중받는 많은 영화창작자가 사회운동에 관심을 가지고, 영화 그 자체를 문화운동의 일부분으로 바라보는 것은 우연이 아닐 것이다. 이러한 영화창작자들보다 이성애 남성 영화창작자가 문화운동과 같은 것에 관심이 없다는 점 또한 우연이 아니다.

3　낡은 시네필리아들은 평가 행위를 중요하게 여겼다. 리스트를 만들고, 줄을 세웠다. 그리고 위계와 수준을 생산했다. 이러한 행위는 남성적 성향으로서 널리 인정받았으며, 낡은 시네필리아에게는 매우 중요했다(이러한 성향의 시네필리아는 앤드류 사리스가 쓴 『아메리칸 시네마』를 신성시한다. 사리스는 시네필리아의 욕구에 관해 명확하게 기술했다). 영화 문화에서 영화의 가치는 영화를 보는 즐거움으로부터 나왔다. 낡은 시네필리아는 미학적 즐거움을 특권화했고, 이는 영화를 가치 매기는 중요한 기준이 되었다. 하지만 새로운 시네필리아는 영화의 즐거움과 가치에 관한 더욱더 폭넓은

개념으로 영화를 본다. 주변화된 사람들의 삶, 주체성, 경험, 세계가 곧 그들의 중심이다.

4   작가주의는 낡은 시네필리아의 주춧돌이었다. 작가라는 위치를 차지함으로써(트뤼포가 그랬듯이), 한 작가의 최고 졸작이 작가로 인정받지 못하는 이의 최고 걸작보다 근본적으로 더 흥미를 끌었다. 작가주의는 교묘한 메커니즘이 되어서 한정된 영화창작자들, 주로 남성 창작자들에 관한 담론을 끊임없이 증식시켰다. 다시 말해, 작가주의는 쩍벌남들의 기관이었다. 작가주의는 비남성 감독의 작품을 결핍이란 미신으로 오랫동안 구축하고 배치하였다. 이러한 미신은 새로운 시네필리아에 의해 마침내 파열한다. 작가주의에 대한 새로운 시네필리아의 태도는 양가적이다. 작가주의는 지금까지 남성 감독들을 추앙해왔지만, 그렇다고 작가주의가 반드시 남성 근본주의적인 것은 아니다. 작가주의는 여성 감독과 비백인 남성 감독들에 관한 분석과 비평, 대화를 비옥하게 발생시키는 방법으로 용이하게 쓰일 수 있다.

5   낡은 시네필리아는 개방적이면서도 절충주의적이다. 이들은 영화를 신봉하며 자신들이 상업영화와 예술영화, 동시대 영화와 고전영화, 국내 영화와 외국영화, 다양한 장르를 폭넓게 망라한다는 것에 만족을

느꼈다. 이는 존경할 만한 욕구다. 하지만 포괄성에 대한 약속은 이행되지 않았다. 전통적 시네필리아는 장편 서사 영화라는 형식을 특권화했다. TV 시리즈, 단편영화, 웹드라마, 기타 영상물, 실험 작품, 그리고 다큐멘터리까지, 장편 서사 영화 이외의 가치 있는 형식들은 동등한 자리에 앉지 못했다. 주변화된 그룹의 영화창작자들—비백인, 비이성애 남성들—은 장편 서사 영화를 만들려고 할 때 눈에 띄게 높은 장벽과 부닥친다. 그렇기 때문에 그들은 다른 영역과 플랫폼에 끌린다. 이러한 예술가들은 비지배적 무빙 이미지 형식을 통해 작업하게 되면서 거의 관심을 받지 못했다.

새로운 시네필리아는 '재현적 정의'에 대한 소 메이어(So Mayer)의 요청을 받아들인다. '재현적 정의'는 참된 포괄성을 목표로 한다. 가능한 한 가장 폭넓고 다양한 무빙 이미지 형식과 예술가들을 껴안는다. 이는 모든 영화창작자와 모든 작품에 똑같이 주의를 기울여야 한다는 뜻이 아니다. 그것은 '모든 이에게 동등한 목소리'를 할당하는 미온적이고 자유주의적인 몸짓이 될 것이다. 그 대신 새로운 시네필리아는 사회적/정치적으로 주변화된 예술가들을 지지한다. 이와 마찬가지로 그들에게 환대 받으면서도 제도적으로 주변화된 영화적 형식을 지지한다. 이는 낡은 시네필리아가 오랫동안 특정한 사회 지배층에 속했던 영화창작자들을 오

132

랫동안 특권화했기 때문이다. 말하고, 쓰고, 언급하고, 선별하는 모든 시네필적 행위는 불평등한 세계에 개입하는 행위여야만 한다.

6　낡은 시네필리아는 보수적이고 향수적인 구석이 있다. 시네필적 경험(특히 어린 시절이나 청년 시절의 경험)은 소중히 간직되면서 신성시되고, 한 사람의 생애를 걸쳐 고정된다. 사라 켈러가 주장하듯이, 시네필들은 그들이 영화에 쏟아 넣은 것들이 위태로워지고 그들이 영화에 느끼는 즐거움이 위협당할 때, 불안과 방어본능을 느낀다. 좋은 예가 하나 있다. 페미니스트들이 우디 앨런과 로만 폴란스키와 같은 이들의 작품에 등을 돌리고 비평적/시네필적 관심을 거두기를 요청했을 때, 그들은 영화 문화(특히 작가주의)의 영예로운 위치를 향해 제기된 제안들에 대한 너무도 강력하고 반동적인 저항과 마주했다.

새로운 시네필리아는 예술가와 그들의 작품에 관한 가치판단의 내재적 불안정을 인식한다. 작품의 가치는 형식적 기준뿐만 아니라 이데올로기적 기준에 따라 시간이 지나 상승하거나 하강할 것이다. 새로운 지식과 새로운 자각, 새로운 요청들에 비추어서, 우리는 경배했던 대상들을 재평가할 가능성이나 단념해야 할 가능성에 항상 열려 있어야만 한다. 지금 이 순간, 시네마라는 총체는 '미투me too' 세계 속 새로운 시네필의 눈에 전혀 다르게 보인다.

7   낡은 시네필리아는 집착, 지배, 학대, 폭력과 같은 남성의 악행을 재현하는 것에 끝없이 매혹되었다. 영화 비평은 이러한 성향을 방조하면서 그것들을 지지하고 부추겼으며, 받들어 모실 수 있는 찬양의 언어를 제공했다. '어둡고' '뒤틀리고' '도발적이며' '신랄하다'라는 말들은 여성이 만들었거나 여성에 관한 영화들보다 남성이 만들었거나 남성에 관한 영화를 특징화할 때 빈번하게 쓰였다. 새로운 시네필리아는 이러한 과잉재현을 경계하면서도 그것에 신물이 난다. 그들은 거부하는 시네필리아를 제시함으로써 그러한 과잉 재현에 대항한다. 새로운 시네필리아는 남성 병리학에 관한 시네마에 자신을 계속해서 굴복시킬 아무런 욕망을 느끼지 않는다.

8   우리는 낡은 시네필리아가 염려하는 말에 대해 알아야 한다. 그들은 지금의 영화 문화가 '너무나 정치적으로 올바르며too PC' '너무나 도덕성에 따라 작동하고' '정체성 정치학에만 몰두한다'고 말한다. 영화 애호가들의 공동체는 아마도 정체성 경계를 따라 파편화되고 세분화될 것이다. 그들의 공동체는 예전과는 달리 (그랬다고 알려진 것과는 달리) 더는 통합되지 않는다.

새로운 시네필리아에게 영화 문화의 통합은 향수적 허상의 산물일 뿐이다. 잘못된 보편주의라는 기만에 의해 선전되고 유지된 허구인 것이다. 특정 정체성(백인, 남성, 이성애자)을 특권화함으로써 서구 유럽 영화 문화는 일체성과 일관성이라는 환영을 역사적으로 구축할 수 있었다. 낡은 시네필리아는 문화적 권위와 지배적 정체성 그룹에 대한 영향력이 (아주 조금) 상실된 것이 그저 애석할 뿐이다.

9　낡은 시네필리아와 새로운 시네필리아는 실천일뿐 아니라 이데올로기이기도 하다. 각 시네필리아에게는 저마다 다른 가치와 신념—세계를 보는 방식—이 있다. 그것에 따라 취향과 감수성을 방출한다. 그럼에도 불구하고 두 시네필리아들이 단순하고 양자택일의 이분법적 체계를 형성하는 것은 아니라는 점에 주목하는 것은 중요하다. 그보다 그들은, 그 정도가 어떻든지 간에, 모두 개별적 시네필로서 살아간다.

10　'영화를 둘러싸고 구성된 삶'은 전통적 시네필리아에 관하여 널리 받아들여지는 정의다. 하지만 지금 이 순간, 혼란한 세계와 재앙 일보 직전의 지구에서 영화 애호에 대한 그러한 개념은 무책임해 보이며, 자기애적으로까지 보인다. 지금 우리에게 필요한 것은 현재의 세계적 순간에 완연히 접촉하는 시네필리아이

다. 시네필리아와 동행하고, 같이 움직이고 같이 나아가는 그 순간에 접촉하는 것. 영화에 대한 우리의 사랑이 얼마나 열정적이고 격정적이든 간에, 세계는 영화보다 더 거대하고 어마어마하게 중요하다.

브루스 윌리스는 브루스 윌리스다

가장 큰 문제는 좋아하는 영화를 옹호하는 글을 쓰고 싶은 생각이 들지 않는다는 것이다. 말을 할 때는 그렇지 않다. 이십대에는 "예술영화는 감독이 자기만족에 취해서 찍고 싶은 거 찍은 거 아니야, 그걸 왜 봐야 돼?"라는 이야기에 맞서(친구는 고다르의 영화를 보고 이렇게 말했다. 지긋지긋한 고다르……) 중요한 영화라고 생각하는 영화의 중요성을 주장했다. 지금도 아주 가끔이지만 좋은 작품이 왜 좋은지 "말"하기도 한다. 그러나 막상 글을 쓰려고 하면 그게 영화가 됐든 뭐가 됐든 말문이 막힌다. 〈피너츠〉에 나온 샐리 브라운의 명언이 떠오른다. "누군가를 싫어하는 이유를 물어보는 건 괜찮지만, 누군가를 좋아하는 이유를 물어보는 건 안 돼. 왜냐하면 그게 더 어려우니까." 그러나 내가 좋아하는 걸 말하는 걸 어려워하는 건 정말 그게 더 어려워서는 아니다. 나는 단지 작품 안으로 들어가 이 작품이 내적으로 얼마나 훌륭한지 증명해 보이는 것에 아무런 취미를 가질 수가 없다.

요인은 여럿 있다. 분석이나 비평, 이론이 얼마나 무용하고 방만하게 쓰이는지 충분히 봤기 때문에 그런 것일 수도 있고 제대로 된 것이라 할지라도 세계의 변화에 일조할 수 없을 거라는 회의주의에 젖어 있어 그럴지도 모른다(노력할 가치 없음). 그러나 아무리 생각해도 가장 큰 요인은 "재밌지 않다"는 것에 있다. 게다가 좋아하는 작품에 대해 그렇게 분석하고 따져 묻는 글을 써버리고 나면 더 이상, 다시는 그 작품을 보고 싶지 않다. 내가 그것을 더 좋아하지 않기 위해 그것에 대해 글을 써야 하는 것일까. 괴로움을 참으면서?

즐겁지 않은 일, 하기 싫은 일을 어떤 이유 때문에 하는 것은 어떤 경우라도 부작용을 초래한다. 그것은 어떤 경우라도 좋지 않다. 다만 어떤 경우에는 좋지 않음을 감안하고라도 해야 할 수밖에 없는 일도 있다. 많은 사회운동/사회적 발언이 그런 경우라고 생각한다. 좋은 영화를 옹호하는 일이 그런 일인가? 설마…… 시네필은 좋은 영화를 옹호하는 일이 그만큼 중요하다고 믿는 사람들이다. 당신은 세상의 상투적이고 범용한 해석에 맞서야 한다! "당신이 좋은 영화를 만들고 싶다면 세상을 부숴야 합니다. 왜냐하면 세상이 나쁘기 때문입니다. 거기에 순응하면 아무 희망이 없는 것입니다: 지아장커" 그러나 여기에 대한 내 태도는 다음과 같다. 희망 없이 지속하기.

너무 맥없이 들리는지도 모르겠다. 그러나 이게 나와 내 친구들이 살아가는 방식이다. 훌륭하지도 비참하지도 않고 보수적이지도 진보적이지도 않으며 세계에 맞서거나 세계에 종속되지 않은 상태로(또는 둘 사이를 오가며) 자신의 할 일을 하는 것.

지인인 어느 서평가는 갈등이 없는 영화를 좋아한다. 그는 무갈등 원칙에 따라 영화를 관람하고 평가한

140

다. 미학적으로나 상업적으로 파산 선고를 받은 영화를 인생 영화로 생각하며(Ex:〈알로하〉) 시네필적인 의미부여를 통해 새로운 정전으로 모시는 것과 같은 노력은 일절 하지 않는다. 시네필은 오해받은 영화를 구제하기 위해 태어난 사람들이다. 별 볼 일 없는 상업영화 중에 이상한 물건을 찾아내고 미움받는 영화를 변호한다. 당신은 아직 아무것도 보지 못했다. 진실은 보이는 것 너머에 있다…… Truth is out there…….

반면 서평가는 단지 원할 뿐이다. 좀 더 갈등 없는 영화가 많아지기를, 비밀이나 숨겨진 차원 따위 없는 영화가 많아지기를. 가능하면 브루스 윌리스와 엠마 스톤이 그 영화를 찍어주기를.

엠마 스톤은 이해하겠는데 왜 하필이면 브루스 윌리스예요?

내가 말했다. 브루스 윌리스는 연기도 못하는데.

그가 말했다. 브루스 윌리스는 배우가 아닙니다.

그의 말에 따르면 브루스 윌리스는 연기를 하지 않는다. 브루스 윌리스는 브루스 윌리스다. 고로 브루스 윌리스가 사라지면 그것은 더 이상 존재하지 않는다……(브루스 윌리스와 동일한 위상의 배우로는 니콜라스 케이지가 있다).

그의 브루스 윌리스론에는 동의하기 힘들지만 나

도 그와 유사한 것을 원한다. 내가 원하는 것은 갈등이 없는 글이다. 진정한 문학 작품에서는 갈등이 등장인물 사이에서 일어나는 게 아니라 작가 자신의 내부에서 일어난다. 쓸 것인가 말 것인가? 발표할 것인가 말 것인가? 계약할 것인가 말 것인가? 마감을 지킬 것인가 말 것인가……? 다시 말해 독자들은 갈등과 해소를 통한 카타르시스를 느끼지 못한다. 그들이 느끼는 것은 삐걱거림, 지지부진함, 갑갑함, 찌질함이다. 그런 걸 왜 돈 내고 읽어야 하냐고? 그건 우리 모두 일정 부분은 마조히스트이기 때문이다…….

캐시 애커

나는 결코 새로운 것을 쓰지 않는다 ..

영화와 시에 대한 글을 처음 의뢰받았을 때부터 염두에 둔 두 명의 작가가 있다. 아일린 마일스와 캐시 애커. 이 두 사람은 이미 모던클래식에 올랐다고 할 만큼 유명한 작가들이지만 남한에는 별로 알려지지 않았고 (북한에서도 마찬가지일 듯?) 나는 최근에야 알았다. 아일린 마일스는 시인이고 캐시 애커는 소설가이자 액티비스트이다. 그들은 페미니스트이고 젠더적으로 관습과는 다른 위치에 있다.

그들에 대한 이야기를 어쭙잖게 늘어놓는 글을 쓸 생각은 없다. 지금 내가 생각하는 건 방향성이다. 무언가에 대한 경외심은 한 톨도 남아 있지 않지만 호기심은 아직 남아 있다. 모든 것이 지루하다고 생각했지만—특히 세계문학전집 유에서 나오는 수많은 작품들, 문학상 수상작품들, 거장들의 신작들, 주목받는 신예들—모르는 것과 궁금한 것은 어디서든 나타난다. 모른다는 것은 몇 안 남은 축복이다. 알아가는 것은 몇 안 남은 기쁨이다. 대상이 훌륭해서가 아니라 내가 그 대상에 대해 잘 모르기 때문에, 그 대상을 둘러싼 이미지를 통해 꿈을 꿀 수 있기 때문에 그렇다. 벤 러너가 진행한《파리 리뷰》의 인터뷰에서 아일린 마일스는 말했다. 나는 절대 시를 소리 내서 읽지 않는다. 나는 내 목소리를 좋아하지 않고 내 시는 내 안의 어떤 목소리가 쓴 것이지만 내 실제 목소리가 쓴 것은 아니다.

P.S. 재개봉작에 대하여

〈인셉션〉은 가스라이팅 무비다. 남자가 여자를 매니퓰
레이션해 죽음에 이르게 했다는 사실이 영화의 주된 복
선이자 반전이며 영화의 줄거리는 가스라이팅을 한 남
자가 자기연민에 빠져 스스로를 위로하고 남성연대와
탈법적인 루트를 통해 스스로를 구원하는 과정이다. 웩.

인용 목록

- 피터 비스킨드, 『헐리웃 문화혁명』, 시각과언어
- 아일린 마일스, 「Peanut Butter」 부분
- 세실 길베르, 『앤디 워홀 정신』, 낭만북스
- 김범, 『변신술』, 사무소

좋아하는 것 또는 좋아하지 않는 것
- 유운성, 『유령과 파수꾼들』, "떠도는 영화, 혹은 이름 없는 것의 이름 부르기", 미디어버스
- 고동연, 「1950년대 뉴욕화단에서 가십, 미술비평, 그리고 남성성에 대한 논의: 프랭크 오하라의 경우를 중심으로」

삶/삶
- 데이비드 실즈, 『문학은 어떻게 내 삶을 구했는가』, 책세상
- Chinlin Hsieh, ⟨Flowers of Taipei – Taiwan New Cinema⟩
- 아르세니 타르코프스키, 『하얀 날』, 뿌쉬낀하우스

나는 ~한다, 고로 ~한다. 그러므로 나는 ~의 ~다.
- 피터 비스킨드, 『헐리웃 문화혁명』, 시각과언어
- 프리드리히 키틀러, 『축음기, 영화, 타자기』, 문학과지성사

점심을 먹지 않는 사람들을 위한 시
- 마야 데렌, 『예술, 형식 그리고 영화에 관한 생각들의 애너그램』, 미디어랩2084
- 리베카 솔닛, 『걷기의 인문학』, 반비

잠은 패배자의 것
- Chinlin Hsieh, ⟨Flowersof Taipei – Taiwan New Cinema⟩

아마도 내가 당신의 아내가 되지 않는 것은 잘된 일
- 유운성, 『유령과 파수꾼들』, "고유명으로서의 이미지", 미디어버스
- 나데쥬다 야코블레브나 만델슈탐, 『회상』, 한길사
- 이장욱, 『혁명과 모더니즘』, 시간의흐름

브로드스키의 삼중 생활
- 나데쥬다 야코블레브나 만델슈탐, 『회상』, 한길사
- 이장욱, 『혁명과 모더니즘』, 시간의흐름
- 알렉세이 유르착, 『모든 것은 영원했다, 사라지기 전까지는』, 문학과지성사

무의미의 제국
- 김지영, 「캐시 애커와 포스트젠더의 공간들」

말들의 흐름 3

영화와 시
Film and Poetry

1판 1쇄 펴냄 · 2020년 4월 6일
1판 5쇄 펴냄 · 2022년 12월 26일

지은이 · 정지돈
펴낸이 · 최선혜

편집 · 최선혜, 김준섭
디자인 · 나종위
인쇄 및 제책 · 스크린그래픽

펴낸곳 · 시간의흐름
출판등록 · 2017년 3월 15일
          (제2017-000066호)
주소 · 서울시 마포구 토정로 33
Email · deltatime.co@gmail.com

ISBN   979-11-965171-8-2 04810
        979-11-965171-5-1(세트)

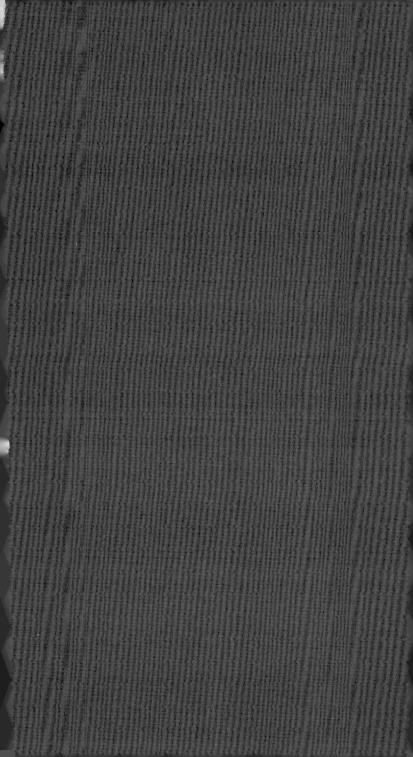